詩念母親

永不止息

褚宗堯 博士 著

卿卿我母

您是　此生我無時不眷念的身影

也是　一齣　令我感懷的歲月

　一篇　讀不完的美好故事

永遠懷念　和您一起的點點滴滴

詩您　思您　常留我心永不止息

推薦序

——處世唯有「孝」力大

涂光敷

自天地有人，千萬年以來，人道當世，處世者惟有孝力大。宋朝名臣歐陽修在其《瀧岡阡表》一文中有云：「……歲時祭祀，則必涕泣，曰：『祭而豐，不如養之薄也。』……」內弟宗堯，曾在民國六十年九月十六日，當時就讀臺灣大學二年級（其四哥亦同校四年級），有感於母親為籌措兄弟兩人註冊費之艱辛，親筆寫下了以母為範之十願：

「願我：勿負母望，專心學業，成功立業，以報母恩。」

一·像媽一樣的機智，遇事沉著，臨危不懼。

二·像媽一樣的有耐心。

三·像媽一樣的能吃苦。

四·像媽一樣的性情溫柔。

五·像媽一樣的從不向人低頭。

六·像媽一樣的從不抱怨一切事。

七·像媽一樣的能夠忍氣吞聲。
八·像媽一樣的能夠知足而不貪。
九·像媽一樣的冷靜、果斷、有恒、不洩氣。
十·像媽一樣的看護家庭，尊敬長輩、雙親。

宗堯為交通大學之退休教授，在其職崖數十年以來，承上所述，一本所願全力付諸行動。這些日子，我親眼見其奉養父母之至孝，也見證其前述以母為範之「十願」，皆已一一成全。尤其，在其所寫五本孝母專書中，對母親的孺慕之情，更是感人至深。（詳見先前已出版之：《話我九五老母─花甲么兒永遠的母親》、《母親，慢慢來，我會等您》、《母親，請您慢慢老》、《慈母心·赤子情─念我百歲慈母》），以及今年出版之本書《詩念母親─永不止息》。

人類居住在地球，蠻荒之上，千萬年來，以其智慧高於牛、馬、猴、羊、飛鳥、蟲、魚……等動物，惟「人」獨尊。古今治亂，時有興衰。人活在天地之堂，天地重孝，孝是人道，教孝父母，孝祖先，孝親人。誠然，一孝就是太平年。因此，地球上所有人類，人人皆要深信，處世唯有「孝」力大。

內弟宗堯一連為母撰書五冊，詳述對母親一生的為人與處世之道，省思回顧孝經、孝文，皆可與之相為呼應。誠望人人皆能入孝出悌，更盼天下得以齊家治國萬民安。謹此為序。

民國一〇八年　元月
涂光敷　於風城新竹

推薦序

——為堯弟之《詩念母親——永不止息》序文

褚煜夫

近日有緣拜讀了仰光大師的一則開示：「無論在家出家，必須『上敬下和』，忍人所不能忍，行人所不能行。行住坐臥穿衣吃飯，從朝至暮，從暮至朝。」

我的母親一生百歲，她老人家似乎都奉行著這一個善良、崇高、博愛世人的準則。我們有幸作為她的兒女，真是與有榮焉。

去年二月我在堯弟《慈母心・赤子情——念我百歲慈母》一書的序文中寫道：「堯弟要把他對母親想說而還沒說完的至情摯語，再來個續集，相信精彩可期！而我更相信，這篇續集絕不是完結篇，請大家拭目以待吧！」

果不出其然，堯弟為母親所撰寫的第五本新書——《詩念母親——永不止息》，就在我們衷心的期盼下，在今年年初終於出版了。

我個人向來就很喜歡唐詩宋詞，書架上擺放的《唐宋詩詞精選百首》，一直是每當我晚上不易入睡時的最佳讀物。至於白話新詩的文體，由於以往較少接觸，因而其中的精義，我就較為不熟稔了。

希望藉助此次機緣，在誦讀堯弟的詩作之餘，能讓我更有機會接觸及欣賞新詩的意境。同時，更感謝堯弟能夠再次代替我們這些兄姊們，寫出對母親她老人家永不止息的懷念。

民國一〇八年　元月

褚煜夫　於風城龍騰大廈

推薦序
——民德歸厚孝為本

包宗和

宗堯兄第五本孝親著作「詩念母親—永不止息」即將出版，囑我為之作序，雖當即應允，但內心是相當惶恐的；因思及這是第三度提筆，擔心宗堯孝親典範，已非我這隻禿筆所能描述於萬一。然感於褚伯母與宗堯兄母子情深，若能為摯友略盡棉薄，弘揚孝道，仍是我衷心樂意的。

展讀宗堯兄這本親情洋溢的書籍，我覺得有一大特色及兩點啟示。宗堯兄將先前出版的書中內容改以現代詩、白話詩體例呈現，讀者不僅易讀易懂，並能從詩文之美中自然領會出母慈子孝的感人親情，進而心嚮往之，此或可使社會更加和諧，因而無形中為重建家庭價值克盡心力。以精簡淺顯的文字發揮普及孝道之功能，是這本書的特色。

宗堯兄在序文中提到「母親她老人家惠之於我的，豈止是滴水之恩，無如比諸浩瀚洋海之大恩呢！」宗堯兄向以「孝癡」著稱，除因其天性純良，知恩圖報外，褚伯母生前為褚家盡心盡力，為子女含莘茹苦地付出，使兒女深切感受到母親「撫我畜我，長我育我，顧我復我」之恩情，當為主要原因。故這本書的最大啟示除了子女對父母應「反哺報恩」外，為人父母者在子女成長過程中亦應充份展現「舐犢情深」的天性，善盡教養之責。此一如宗堯兄在詩中所流露的，母愛與愛母實為一體，相互交融，缺一不可。

本書的第二項啟示是父母之恩常在生活點滴中，宗堯兄因著宗教信仰，得以獲取完成五本書的機緣和動力，並能從思親詩文中，更加體會親恩深似海。誰無父母，吾人若能靜下心來回憶雙親所曾為我們付出的，當更能懷念或珍惜那份昊天罔極的恩情！

看了宗堯兄「母親，兒好想您」這首詩，我不禁潸然淚下，因為詩中提到那首耳熟能詳的「母親您在何方」，正是許多有喪母之痛者的共同心聲。願宗堯兄這本思母情切的詩文集，能感動無數讀者，從而有助於建構一個「民德歸厚」的社會，相信這也是作者最大的心願！

民國一〇八年　元月

包宗和　於台北

推薦序

——純孝昇華　孺慕之情　原是美好

陳振遠

「世間所有的相遇，都是久別重逢」，這是電影《一代宗師》中的經典對白，提醒眾人珍惜每一次緣分。然而，若再追問「世間，什麼愛是永恆不變的？」那無疑就是父母之愛，惟有至親之愛是無怨無悔，終其一輩子掛念、關懷子女。

對於父母無止盡的關愛，子女能如何回報？俗諺說「百善孝為先」，勸勉及時行孝，古人綵衣娛親、王祥臥冰求鯉、黃香扇枕溫席等故事亦感召後人。時至當代，我在交通大學就讀期間的恩師褚宗堯，不遺餘力盡孝事蹟，尤為令人動容，每每聽說或拜讀其著作，均感動我頻頻回望己身回應父母的點滴。

三年來持續不斷寫書懷念母恩，《詩念母親──永不止息》是褚宗堯老師的第五本書，他在書中寫道「直至今日，我仍然對她思念不止，……她老人家的房間，我一直保持原貌未動。每天早晚一如往昔，我會進去向供置在她床頭櫃上的肖像請安，就如同她老人家依然健在一般，藉此緬懷過去和她共處的那些美好時光。」由此觀之，褚老師以日復一日、未曾停歇的實質行動，展現對母親的孺慕之情，並透過書寫記錄母親在他心中無可取代的分量，更希望藉此弘揚孝道。

純孝已是難得，但褚宗堯老師更進一步擁抱社會責任，昇華思親之情，以「母慈子孝」為主題持續發表新書，藉由著作傳遞良心使命，並嘗試以詩記事，透過現代詩的文體—精簡、易讀、易懂，相信將能更助於推廣孝道，把「母慈・子孝」的自然情深去感染、影響更多人。

民國一〇八年　元月

陳振遠　於高雄

自序

詩念母親——永不止息

寫書為記錄與母親相處的吉光片羽

三年前，我最敬愛的母親褚林貴女士，在百歲高壽之年辭世。直到今天，我依然對她思念不已，難過之情經常久久縈繞於心。她老人家的房間，我一直保持著原貌未動。每天早晚一如往昔，我會進去向供置在她床頭櫃上的肖像請安，就如同她老人家依然健在一般，藉此緬懷過去和她共處的那些美好時光。

回想母親在步入九十歲高齡之後，我心裡即很明白，未來還能夠和母親相處的時光無多，這完全必須仰賴佛菩薩的旨意了。不過，我真的必須感恩佛菩薩的加持，祂們真的再恩賜了十年的時光，讓我能夠經常與母親朝夕相處，並善盡我對母親的孝道。當然，我也曾經渴望並祈求佛菩薩繼續加持，恩賜我更長更久地隨侍並孝順母親。

然而，或許我也該學會知足，因為，母親的晚年，不僅身體康健、精神抖擻，而且神智清晰、記憶力超人。換言之，她的高齡晚年，無論是在生活上，或是生命品質上，絕對是人中少有。能夠如此幸運，當然，有賴於上天所賜福德與善報。

儘管有此種種值得感恩的福分，至今我對她老人家的思念，卻始終無一日稍歇。畢竟，自我婚後的三十幾載歲月中，母親幾乎日日和我生活在同一個屋簷下，如今老人家翩然仙逝，一時之間不見了她的身影，那種心痛與失落之感，絕對不是外人或非朝夕相處的親人，所能夠感受與深切體會得到的。

幸好，在那些和母親相處的日子裡，不諱言地說，對於及時報孝母恩之事，我不僅「有心」，而且也非常「用心」與「盡心」，可說是不遺餘力地在做盡孝之事；尤其，更是秉持著「滴水之恩，湧泉相報」之心來報答母恩。畢竟，這一生，母親她老人家惠之於我的，豈止是滴水之恩，無如比諸浩瀚洋海之大恩呢！

平心而論，那些年來我為母親所做的，從親友們的觀感以及自我的省思中，我是無愧於心的；也因此，今天我內心的遺憾差可以略減。無疑地，這是我一生中最感欣慰的事，也是我最幸運的地方。

尤其，這些年來，我陸續為母親寫下了四本書（《話我九五老母——花甲么兒永遠的母親》、《母親，慢慢來，我會等您》、《母親，請您慢慢老》以及《慈母心‧赤子情——念我百歲慈母》），它們都是我在前述報效母恩的心境下完成的。

這些書中，我描述了許多和母親之間貼身貼心的親情互動，充分地顯示出，我是如何珍惜與把握，能和母親在一起的每一刻當下的「有心」、「用心」與「盡心」。坦白說，若非出之於這樣的本心初衷，如何能在這幾十年悠悠歲月中，母子倆譜下如斯感人親情之歌，我也無從描繪出那些值得回憶的吉光片羽。

我不知道，這世上有多少人曾經為自己的母親寫過一篇文章？或寫下一本書？更遑論在短短的幾年內，一門心思連寫四本！

「蓼蓼者莪，匪莪伊蒿。哀哀父母，生我劬勞。蓼蓼者莪，匪莪伊蔚。哀哀父母，生我勞瘁。……撫我畜我，長我育我，顧我復我，出入腹我。欲報之德。昊天罔極！」三千多年前，《詩經・小雅・蓼莪》作者寫下偉大篇章，懷念父母恩情。我之為母親撰作四本專書，心情也是這樣吧！

寫詩描繪母子孺慕親情為弘揚孝道

經常，認識我的人會問我，究竟是什麼動機引發我這麼大的動力，居然一口氣為母親寫了四本書？我靜下心來仔細想想，其實原因也很單純。其一，這全然是佛菩薩的旨意，要我把對母親的盡孝事蹟，如實地寫下並公諸於世；其二，母親在我心中地位之崇高以及份量之重要，是無人可取代的，以致冥冥中有股不寫不快的動力在敦促著我。易言之，那已經不是單純的寫作而已，而是一種社會責任與良心使命的昇華。

說實話，我非常感激許多親朋好友、長輩，以及不認識的讀者們長期地支持與敦促。如果沒有這些熱心人士的支持，這幾本冷門的書籍是不可能問世的。尤其，一直以來，常有熱心的好友及讀者們，期望我能夠以「母慈子孝」為主題繼續發表新書，以利孝道之弘揚。我聽後，不僅非常感動於他們的善意支持，更感激他們的熱忱鼓勵。

為此，我認真地思考一番，因為，孝母專書已經一連出版四本了，還能有什麼題材可以著墨的？巧的是，某夜夢見了母親，夢中情境迷離恍惚，若有所感。次日清晨醒來，居然有一個特別的靈感，要以詩的體裁來為母親再寫一本專書。

這個夢，不妨說是母親賜予我的一個珍貴靈感。其實，也不無道理，因為，向來我就喜歡以詩記事。而現代詩的文體，內容精簡、易讀，且易懂，更有助於孝道之弘揚及推廣。何況，母親在世時，我即已為她寫了數首詩，藉此，我也可將它們一併彙整成冊。

因此，我心裡打定主意，要往這方向走。自此，我積極地挪出能夠使用的所有時間，為這件非常有意義的任務全力以赴。我以拙作前四本孝母專書為素材，從我的記憶金庫裡，將我對母親永不止息的思念，歌詠為現代詩及白話詩；又穿梭於記憶甬道之間，追尋母子倆相處蹤跡，用文字代替畫筆留下歲月身影。

由於我對母親的思念永不止息，因此，作品中的場景，許多仍建立在母親她仍在世時的時空。不過，這也讓內容更為寫實，也更容易讓讀者們，能夠以同理心來感覺及體悟到，母親對我的舐犢情濃，以及我對她的孺慕情深。

至此，第五本為我母親而寫的專書《詩念母親——永不止息》（序號：母慈子孝005），就在如此的善緣與佳機下問世了。

本書共分為三大部，第一部「思念我母——詩母集」，從「欣為母與子」、「永遠顧護您」、「孺慕子情深」、「舐犢母情濃」、「上師與明燈」、「請您慢慢老」等六篇（共三十二首）的不同詩情，抒發我對老母親的無限思念。

第二部「記憶金庫——詩陳年憶往」，收集了母親在世時我為她寫的數首詩，包括「記藤坪山莊、石門水庫伴母遊」、「記北歐四國伴母遊」、「記中國上海二度伴母遊」、「記日本北海道伴母遊」、「記日本立山黑部伴母遊」、「記九旬老母端節包粽」等六篇（共十四首）。其中，有我陪伴她在國內及國外旅遊的寄情，以及往年端午佳節和她共度的生活記趣。

第三部「兒想您，好想您——詩想起」，母親往生後，我無時不想念她，藉著幾首詩，來詩（思）想起她老人家，包括「百日清明念慈母」、「慈母心・赤子情」等二篇（共三首）。其中，有清明時節對她老人家的追思，以及昔時老母親與我之間的往日情懷。

具體來說，本書的宗旨與精神，仍然以「『母慈』、『子孝』」為經，「『母愛』、『愛母』」為緯。詩裡行間瀰漫著從小到大，我這百歲老母親與她最小么兒之間，那種發乎至情的「牴犢情濃」與「孺慕情深」。如果仔細地品讀，相信作為讀者的您也會深受感動於我和老母親之間，那種母子情深、母慈子孝的無限溫馨吧。

一介平凡百姓的我，既非大官、富人，也非名流之輩，寫作出書全然不為名，更不為稿費或版稅，只想留傳給自家子孫後代，以及一些與我有緣的讀者們。希望藉著我多年來孝順母親的實際經歷與心得，和有緣的人們彼此互勉，並一起為推廣孝道而盡一分心力。

我由衷感謝佛菩薩的加持，賜給我完成本書及前四本書的機緣與動力，讓我得以更深入去瞭解，我這已逝百歲慈母的德行與情操，並發現她老人家比我想像中的還要偉大。同時，也令我更篤信，這世間人情的所有愛之中，再沒有比「母愛」來得更偉大及感人了。

好幾次，當我逐段、逐行、逐字去修稿及潤稿時，在反覆細細品讀之下，愈發感悟到，在慈母與子女之間，那種母親對子女的「舐犢情濃」，以及子女對母親的「孺慕情深」，也就是——

「『慈母心・赤子情』、『母慈・子孝』、『母愛・愛母』的自然流露，它們是如何地摯誠與珍貴無比！」

這些都是人之情常，其實，它們就發生在你我每一個人的身上及周邊。只是，你並沒有靜下心來正視它們罷了！

如果說本書能有什麼貢獻的話，那麼，就只有這麼一點：我以老母親和我之間的真實事蹟為例，藉著本書詩文的簡單傳達，對仙逝三週年的慈母，發抒我永不止息的思念。非常期盼您也能夠受到些許觸動，而正視「孝道」對於作為一個人子的重要。至少，我深切認為——

「一個真正懂得孝道及確實行孝的人，那才配稱為一個真正的『人』。」

本書能夠順利付梓，我要特別感謝褚林貴教育基金會董事朱淑芬小姐，利用工作餘暇，義務為我處理基金會相關行政業務；還有秀威資訊的編輯洪聖翔先生，他在本書的編輯與排版設計上，給予了很大的協助及建議。於此，我向他們致上由衷的謝意。此外，也要感謝好友蔣德明先生，他長期地慷慨捐贈褚林貴教育基金會及孝親專書所需的相關費用。

最後，我再度秉持著先前為母親所寫的四本書的摯誠，謹以此書再度呈獻給：我一生的導師以及永遠的慈母——褚林貴女士（母親雖已於一百歲辭世，但，她的法身卻與我常在，與我同行）。

本書除了恭敬作為她一百零三歲誕辰的獻禮之外，並感謝她老人家，對我一輩子無垠無邊以及無怨無悔的生我、鞠我、長我、育我、顧我、渡我……，並向她老人家懇切地獻上我內心的祝福：

「媽　祝您　在西方極樂世界　順利精進增上　成道成果」

民國一〇八年二月二十二日（農曆正月十八日）

（母親一百零三歲誕辰紀念日）

褚宗堯　於風城新竹

註1：值得一提的是，本書封面與封底以及文中所用的插畫，皆是母親在78歲之後，她無師自通所繪的畫作。我珍藏了共約50幅，特地將其中的25幅呈現於本書頁面間。這些畫作每喚起我許多珍貴的陳年憶往，以及我對母親她老人家無限的思念。

註2：尤其，封面那張母雞帶著一群小雞的畫作，像極了當年她拉拔我們十個子女長大成人的艱辛情景；以及封底那張母親背著嬰兒的畫作，每讓我遙想起孩提時，她背著我還要一面工作的身心勞累，更令我對她老人家不僅深深感動又無盡感恩。

目次

篇四　舐犢母情濃

篇五　上師與明燈

篇六　請您慢慢老

第二部　記憶金庫——詩陳年憶往

第三部　兒想您，好想您——詩想起

楔子

母親生平簡述

回溯民國六年（一九一七）的臺灣社會，那是一個民風純樸、觀念保守的舊時代。這一年，我的母親褚林貴女士誕生了。而這位看似平凡卻是十分偉大的女人，是我一生中最敬愛的慈母，也是我永遠永遠的上師。

母親的歲月中充滿著傳奇性，她的身世相較於他人更加曲折及特殊。她不僅出身寒門，從小失怙（是清末秀才的遺腹女），而且，童年及青少年時期，歷經了三對父母親，包括：一對親生父母（本姓「連」）、一對養父母（姓「林」），及一對義父母（姓「蔡」）。如此命運，應屬少見。

據我所知，當年母親是因為林姓養母過世後，養父無法獨力照顧母親，遂決定將母親寄養至身為中醫師的蔡姓義父家。易言之，年少時的母親，前後陸續經歷了兩次不同家庭的養女歲月，但她卻從不怨天也不尤人。

坦白說，真的很少人的身世會像我母親那樣，從很小的年紀開始，就必須面對日後漫長的養女歲月，並承受多次親情離散的無情洗禮。母親在她童年及青少年時期的這些不幸，著實令人心疼。然而，母親卻能身心俱佳地順利渡過，顯然，這也是她極其幸運的地方。坦白說，我非常敬佩甚至崇拜母親，小小年紀就能夠有如此能耐。事實上，我更以能夠作為如此偉大母親的兒子為榮。

母親在十八歲時，嫁給了年紀大她三歲的我的父親；這門親事是由她的養父為她決定的。當年父親出身地主之家，原本家境不錯，可惜在年輕時歷經了南京及上海的兩次經商失敗後，家道從此中落；不久，十個子女（五男五女）相繼出生。此後，沉重無比的家計負擔，長期不斷地加諸在母親一個弱女子的身上。可想而知，在那個既動盪又貧困的年代裡，生活是極其艱辛的。

據知，為了解決這麼沉重的家計負擔，母親積極地找尋任何有助於增加家庭收入的工作機會。這期間，母親做過不少差事，包括：為人洗衣、揉製米糠丸自食兼販售、代工編裁竹藤製品、販售香蕉、擺攤賣飲料、賣粽子、經營小本生意的雜貨店兼出租漫畫書等。舉凡可增益家庭收入的任何工作或生意，母親都不會放過嘗試的機會。

說實話，在那個年代，如此一個婦道人家，要肩負起一家十多口的生活重擔，絕對是件相當艱鉅的事。然而，母親畢竟家學淵源，承襲了清末秀才外祖父的優質血緣，再加上為了自己心愛子女們的幸福著想，母親總是隨緣認命、咬緊牙關，憑著她過人的聰慧靈敏和無與倫比的堅強毅力，屢屢加以克服，總算也安然渡過了她一生中最感困頓的時期。母親年輕時的這些遭遇，以及振興褚家家運的偉大貢獻，作為兒女的我們，一輩子都由衷地對她感謝及敬佩！

今天的褚家，雖非達官顯貴之家，但，至少也是個書香門第，是一門對國家及社會有一定貢獻的家族。她的孩子中有博士，有教授，有名師，有作家，有董事長，有總經理等。以母親身處的那個艱困年代，以及她的貧寒出身而言，能夠單憑著自己的一雙手，造就出如此均質的兒女們出來，真的不得不佩服她教育子女的成功，以及她對子女教育的重視與堅持。

母親是個很有福報的人，不僅身心健康並且耳聰目明地活到了百歲高壽。她老人家在世時，膝下已經兒孫滿堂且多數稍具成就。為此，她經常思及過去生活及持家之艱辛不易；尤其，更感念當年每逢學校開學時，家中同時有著小學、初中、高中，及大學等不同學齡的孩子，等著她去張羅一筆為數不小的註冊費，而且總是捉襟見肘，其諸多窘困景象，至今仍歷歷如昨。

後來，在走過了從前的艱辛歲月，母親她極想回饋社會。一方面，希望能夠幫助那些需要幫助的弱勢學子們；一方面，更思及家庭教育、社會教育，以及弘揚孝道之重要性，著實不容忽視。

因此，在她的發心以及我的積極策畫下，母親和我共同發起並捐贈出資，於民國一〇一年（母親正值九十六歲）的一月十八日，正式成立了「財團法人褚林貴教育基金會」。同時，母親也在董事會全體成員熱烈的推舉下（雖然她極力婉辭），眾望所歸地榮膺了基金會的創會第一任董事長。

基金會成立的宗旨，主要是秉持著母親慈悲為懷、樂善好施的精神，並以「贊助家境清寒之學子努力向學」，以及提升「家庭教育」與「社會教育」之品質及水準為發展的三大主軸；此外，並以「弘揚孝道」為重要志業。母親期望能夠透過本基金會的執行，以實際行動略盡綿薄之力，並藉此拋磚引玉，呼籲更多的社會人士及機構能夠一起投入回饋社會的行列。

母親一直是我最敬佩及景仰的人，在幾本拙作裡，我曾多次提及母親是我這一生中的上師，她教導了我對生命的正確認知，以及對生活實作的積極態度。也因此，讓我更有智慧及勇氣去面對生命的無常，以及生活的多變。

這些睿智及實用的觀念與態度，就是母親賜給我的無價之寶。坦白說，忘了有多少次，它們曾經幫助我在現實生活中，即使遭遇多麼艱鉅的問題，或再大的困境，也多半能夠迎刃而解。

而這些得自於母親所賜予的無價之寶——十種有關「生命認知的觀念」以及「生活實作的態度」，大致可以分成：「圓融的待人哲學」、「睿智的處事態度」，以及「豁達的心靈氣宇」等三大類。

首先，談談有關「圓融的待人哲學」方面。

不可否認地，「待人」始終是一門人生必修的學問；它看似容易，卻是一門「知易行難」的課題。而母親在親戚、朋友，或鄰居中，向來是個「人氣王」。她老人家在這方面賜給我的寶物，就展現在：「待人大度，慷慨隨和」、「善解人意，體恤人需」，以及「手足相愛，家和事興」等三個面向。

其次，「睿智的處事態度」方面。

我們都深知，人生在世，面對無常的生命，以及多變的生活，想要順利地安身立命，其實並不是一件容易的事。而充滿人生智慧的母親，她賜給了我另外一個無價之寶——「睿智的處事態度」。有關這方面的資糧，她則展現在：「理事聰慧，接物靈敏」、「苦中作樂，忙裡偷閒」，以及「貧時忘憂，養生有道」等三個面向。

再者，「豁達的心靈氣宇」方面。

自古以來，任何人，無論其出生貴賤或富窮，一旦呱呱落地，隨即面對生活的多變，以及生命的無常。嚴格說來，人生在世其實是「苦多於樂」的。而針對這個「苦多於樂」的人生，我們又該如何面對與自處呢？

而我的母親如前所述，她不僅出身寒門，從小失怙，並且經歷了兩次不同家庭的養女歲月……。面對這些困厄及苦迫，她是如何做到「不怨天又不尤人」？身處劣境時，她又是如何「隨緣認命」而自處呢？

顯然，「豁達的心靈氣宇」便是她面對及自處之道，也是她賜給我的無價之寶。而這方面的珍寶，她展現在：「胼手胝足，無怨無悔」、「虔誠信佛，菩薩恩持」、「豁達自在，樂觀不懼」，以及「內斂低調，顯時忘名」等四個面向上。

總之，上述母親的諸多德操與涵養，是她賜給我的人生無價之寶。我不忍藏私，特於拙作《慈母心・赤子情——念我百歲慈母》（母慈子孝004）中第二十九章及三十章更深入加以描述。期能與褚家目前及後代子孫們相互共勉，並確實效法學習她老人家的德行與風範。

同時，也期望能與有緣的讀者們，一起分享母親的人生哲學，以及實際又寶貴的經驗與智慧，相信在您接受與面對生命的無常及生活的多變時能多所助益；倘能如此，則更是母親及我之所企盼。

母親高壽百歲往生，住世長達一世紀之久。她老人家在三十六歲時生下了我，我是她的么兒排行第九。她老人家與我，母子倆之間，格外緣深情重。這一生，我們共處了歡喜的六十五載歲月，她對我是無盡的舐犢情濃，我對她則是無限的孺慕情深。

回顧從小到大，我有幸能夠長時間依隨母親左右，接受她無微不至的照顧，及耳提面命的教導，對她老人家真的是充滿著無限的敬佩與景仰。同時更感恩於她，讓我有這麼多的機會耳濡目染於她的言教與身教，從而領受到待人、處事，和心靈方面的涵養，並幸運地深獲其真傳與助益。坦白說，她老人家對我影響之深遠，絕不會僅止於過去，甚至於引領著我長久的未來。

事實上，母親對我來說，就如同是我生命流程中永遠的「上師」，更是黑暗中的一盞「明燈」，照亮著我，也引領著我。我永遠感激她，也永遠懷念她！

【母親賜給我的無價之寶「綱要彙整」】

●圓融的待人哲學

1. 待人大度，慷慨隨和
2. 善解人意，體恤人需
3. 手足相愛，家和事興

●睿智的處事態度

1. 理事聰慧，接物靈敏
2. 苦中作樂，忙裡偷閒
3. 貧時忘憂，養生有道

●豁達的心靈氣宇

1. 胼手胝足，無怨無悔
2. 虔誠信佛，菩薩恩持
3. 豁達自在，樂觀不懼
4. 內斂低調，顯時忘名

第一部

思念我母——詩母集

篇一
欣為母與子

母子
六十五載
共歲月

母親　您走過一世紀歲月
傳奇多采　是您一生寫照
何其有幸　有緣
六十五寒暑　我們歡喜相處

您予我之愛
至深　無私　無求
您予我之情
慈祥　憐惜　卻又牽掛無限
永不止息……自始自終……

在您心裡
我始終是　少不更事的么兒
啊　我親愛的母親
再老　我依然是您眼中的小小孩

而您於我　永遠有如大能天使般
守護著我　童年青少年　壯年老年
如今　我依稀感覺得到
您那垂憐的慈祥目光　從天上高處眷顧

啊　母親　親愛的母親
這一生　您於我之種種提攜照顧……
就像一齣　百看不厭的戲劇
情節感人　雋永溫馨
在我餘生的歲月中　一再重播……

菩薩
派我來
服侍您

猶記昔日　您年高九十
日本立山　母子共遊
當時　您體健英發　同伴皆欣羡
與有榮焉　為您子

十載去匆匆，您精神猶佳，唯體稍弱。
您說：「拖累了你和阿瑩，真對不住。」
我答：「請別這麼說，是我們母子情深緣重。」
「是菩薩派我來報恩服侍您。」
「請寬心接受佛菩薩的美意。」

我深知　母親憂慮所在
總說　媽　請放寬心
家有一老　如有一寶
您是我的寶　不會不耐您的老

所幸　老人家信任么兒
深信　晨昏定省出於愛
深信　承歡膝下為報恩

孝順　毋須多學問
只在　有心　用心　與盡心

韶光易逝　歲月總無情
母親的老　竟在　那一剎　那瞬間
所謂樹欲靜而風不止
我不願子欲養而親不待
故常自省　為您分分秒秒用心　與盡心

趕做您九子為報恩

靜心湖畔，巧遇香港遊客，獲悉母親高齡百歲，膝下五子五女，她順口讚曰：「令慈好福氣，生了『五好』——五『女』加五『子』，正是五『好』。無怪乎，令慈福人福相，好命婆啊！」

母子聞言欣喜，感謝香港女士金口美言。

之一

作為母親兒子　我無上榮幸
感謝佛菩薩恩典　賜此母子善緣

排行老九　我是她么兒
能被生下　緣分似前定
老母舐犢情濃　時時憐愛
么兒孺慕情深　日日相依

顯然　宿世中　母親恩我重無比
為報她恩　我專程趕做她九子

之二

此生　母親於我無數疼惜　無盡愛
那真情如涓涓細流　無量感恩　無限謝

誠難忘　早晚她虔誠誦佛迴向我
唸唸祈求　佛力加持速癒我肝能

她愛子悲心　願力化無窮
銘心感知　母欲代我受病　無怨且無悔
那無私愛與真情　教人無由深感動
啊　何等悲心　何其偉大

試問　世間還有何人　一生為你
不求回報只付出
持續愛你不止息
除卻偉大慈母　再無他人

之三

您說：「阿堯，別太晚睡，才不會影響肝功能喔。來這兒，
　我剛誦完佛號，迴向你，祈求阿彌陀佛加持保佑你，
　趕快恢復肝臟之健康。」

諸此關懷祈願　出自百歲老母
她溫言暖語　和顏善目　無限慈與悲
我如沐春風春雨　脈管裡奔湧著愛的暖流
啊　母愛如斯　日日澆灌
使我的生命之樹　時時煥發生機活力

親愛的母親　我從小熟悉到老的慈母
愛子之情　她不曾稍減
即便么兒已長大成人　結婚生子
而慈母愛我　更勝於童騃只知戲樂之年
如今母親已百歲高齡　反哺報恩能幾時
母愛無所報　人生更何求

之四

欣為母之子　我永生感恩
摯誠為母　撰如下專書
《話我九五老母——花甲么兒永遠的母親》
《母親，慢慢來，我會等您》
《母親，請您慢慢老》
《慈母心・赤子情——念我百歲慈母》

赤子之情　悠悠我心
其一　表達人子對慈母孺慕情深
其二　期待孝母實情廣流傳　展孝道

實難忘　新書親呈老母前
她慈祥眼裡　無限歡欣
剎那　無須言詞　溫馨已滿胸襟
想想　這世上　還有何愛何情
堪比母子情　如此純真誠心

之五

無任感謝　殊勝機緣與恩賜
〈再老，還是母親的小小孩〉一文
欣獲「第四屆海峽兩岸『漂母杯』文學獎」第三名

母親高興雀躍溢於言表　連聲賀道：
「阿堯　恭喜你　再次為褚家增添光彩」

捫心自問　獲此殊榮誠非文采過人
無非愚癡如我　卻能對百歲老母盡孝至誠
感動天　感動地　甚且感動評審委員赤子心
古有燕詩誡人子　今有短文傳真情
誠然　再老　我仍是母親的小小孩

註：我每天亦將持誦六祖壇經的功德迴向給母親，祈求佛菩薩保佑她老人家能夠健康長壽，活到一百二十歲。

珍惜與您共處時光

之一

有一種愛　亙久不變改
據說它是大自然天性　也是從懷胎開始的愛
西諺有云　上帝無法照顧每位孩子　遂派母親來

我母愛兒無私無我　數十年如一日
她有所期待　教養吾等堂堂正正做人　回饋社會
她不求回報　唯願眾子一生順利平安　無病無災
那愛無始無終　可比「春蠶到死絲方盡」
這愛無微不至　才真叫摯愛

之二

且論懷胎十月　承受煎熬苦痛　難以盡數
有歌倡言天下的媽媽都一樣　云其偉大
我卻說我百歲老母更教人敬佩　無與倫比

我母膝下　合共五兒五女
且說生此十子　懷孕期間已需八年之久
若云撫育教養　時間心力更是數倍之長

所幸　我母聰慧靈敏　子女皆為可造之材
鄰里皆誇孝子賢孫　益彰我母之偉大不凡
誠然　子女給父母最好的禮物就是榮耀
因為支撐此些成就的　正是我母一生之無悔犧牲與奉獻

之三

雖是朝夕相處　我卻無時無刻眷念我母身影
心中彷彿有口警鐘　迴響著一句話：
你還能陪伴母親多久？
你還能陪伴母親多久！

時光誠有限　宜珍惜　勤把握
孝順須及時　付出當即時
畢竟　母親已是遲暮之年
燦燦萱草花　不能永生北堂下

猶思近日　母親似乎乍然老邁
聽力弱　眼力退　齒力衰
腳力難久站　巍巍顫顫須人扶……

無限依戀望我母　無奈體力精神漸不如
一年不如一年　一季不如一季
甚而　一月不如一月　一日不如一日
遍試種種保健養生　卻是百般無法
此憂無計可消除　才下眉頭　卻上心頭

之四

自古以來　有生就有死
即如月有圓缺　花有開落
母親日漸老邁　同此自然
但愛母似我　卻是萬般不捨
看著她日漸佝僂身影　我唯思報恩及時

都説母愛和煦　有如三春暉
誰得有福如我　天天沐此春光
母親舐犢情濃　么兒孺慕情深
好一幅人倫溫馨情景
母親常誇我至孝　疼我也最甚
我倆母子緣深情重　人間實罕見

有感於此　夜闌人靜內心不時吶喊：
「媽　您是我終生　無時不眷念之身影」

感謝陪我無數甘苦與悲歡

之一

從小家境窮苦，親戚鄰舍中貧寒之最。
憶及小一初入學，母親定睛看我，溫言囑咐。
她說：「阿堯，一定要好好讀書喔，將來才能出人頭地。」
我答：「媽，您放心，我會聽話，認真上課，絕不讓您失望。」
窮家小孩先天不足，自動自發，用功乖巧，
或許是，唯一慰藉母親的具體方式。
多麼欣喜，我一生學涯總名列前茅，品學兼優。
總算沒有辜負母親期望，確實信守當時承諾。

「阿堯，前途是自己的，為自己用功讀書吧。」
母親誡命　我謹記在心　心思專在課業
一路以來　上一流學府　從不教母親失望
大學剛畢業　一舉「企管人員」高考及格

半生職涯　學界或業界　皆得順利發展
種種榮耀成就　更思感恩母親養育與教誨
若無母愛長期澆灌　即無今日之我

之二

人的一生　一帆風順抵達彼岸者甚少
何其有幸　我得母親聰慧薰陶　故常期許並自盼：
「當行過『生命無常』『生活多變』的人生峽谷時
能夠瀟灑回望　『輕舟已過萬重山』」

航行人生海洋　波瀾不驚　説時容易做時難
誰能做我遠處燈塔　避開艱險暗礁淺灘
幸有聰敏睿智母親耳提面命　時時引我渡我
待人處事　心靈涵養
汝之身教言教　是我路上之光

一生成長　幼年少年　青年成年　壯年老年
福哉幸兮　母親一直伴在我身旁
陪我走過人生　無數甘苦與悲歡
成功榮耀時刻　為我欣喜喝采
愁雲慘霧日子　開導我再見慧日
啊！母親　您永遠是我心靈之舟的停泊碼頭

母親是我上師　是我一生導師
再老　我仍需要您這位上師與導師
因為　無怨無悔愛我者　唯有您
世上　無限耐性包容我的　也是您

回首一生　志高難免氣傲
若無母親　誰能說法讓我這頑石點頭

由衷感謝　您一路慈悲提攜與勸勉
庶幾略改焦躁　向上提升心性

我深知　自己尚有諸多劣性待改
且預料　未來仍有不少困惑逆境將面對
我實需要母親　日日溫言勸誡引導
是故誠心祈求佛菩薩　假我母親以天年
讓她慢慢地老　健康健康地老

篇二
永遠顧護您

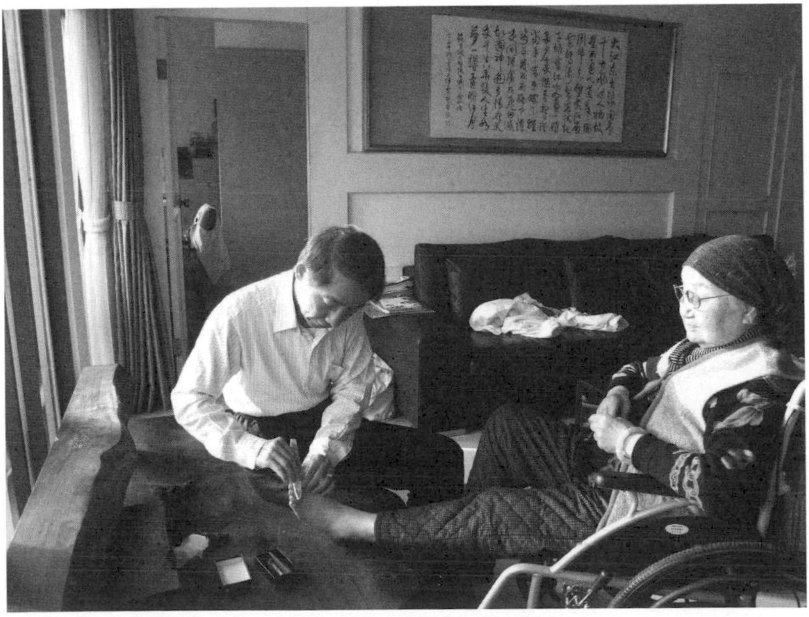

孝是人子天職

您身軀微駝　步履蹣跚　拄杖屋內行
直教我百般不捨　悲情油然生

啊！母親　不信您有那麼老
眼戴老花眼鏡　倚杖廳前行
背影老態　身軀龍鍾　教兒憐

啊！母親　畢竟您已高壽百歲
您請調息站穩　再前行
殷殷提醒　高齡長者跌不得
卿卿我母　莫怪兒嘮叨
只因愛您　著實擔心您

您說：「阿堯，你這麼孝順，下輩子我怎麼還！」
我答：「甭還，不須還，是我心甘情願來報恩。」

未曾或忘　從孩提到長大　到年老
您深深疼惜與拉拔　多慈悲　多劬勞
直到今朝　依然渡我護我
如今您垂垂老矣　豈能不孝不順您

孝您乃天經地義　是人子本分
順您為反哺報恩　烏鴉尚能　何況我等
母親！我親愛的母親　請勿憂慮掛心
「睍睆黃鳥，載好其音」
么兒一生　永遠伴您同行

我心甘也情願

之一

親愛的母親　您已百歲高齡
吃飯穿衣　凡事須兒協助

但不麻煩　請勿掛心
兒做得心甘　且情願

古詩有云　「萱草生北堂，顏色鮮且好。
人子孝順心，豈在榮與槁」

人子啊　切記世上只有媽媽好
沒有母親　焉能有你

本當無怨　更該無悔
才是　真心甘　真情願

之二

由衷感謝　佛菩薩恩典
惠我善緣　母子長年共相處
數十載得孝養母身　順敬母心
略盡反哺孝道　報我老母浩瀚慈恩

日日晨昏定省　承歡膝下
聆聽慈音　修養心性
才知色難　乃孝道諸行中最難
方知盡孝　無非耐心與敬心
更知和顏悅色　才是真心孝

「昨宵天雨霜，江空歲華老」

孝子讀詩常誡己　願慰母懷：

「請勿掛心　兒所做萬般　既心甘且情願」

么兒永遠顧護您

靜心湖畔，母子倆假日常憩處，憶往談心實歡欣。
水中魚龜游，樹梢松鼠跳。
更有那林間小鳥人前飛，清風徐徐來……

環湖道上　母子天倫行
輪椅座前　兒推母
歡聲笑語　迴蕩半空　多舒暢

猶記老母　拄杖勤步行
么兒在側　亦步亦趨護慈萱
想昔時　您尚能勉行二百米
如今卻　日日減半力難從

只怨歲月煙逝無蹤　不待人
何忍見您　乍然衰
渾然忘卻么兒我　亦花甲

雖不願　您老邁
日日　月月　年年
誠無奈　我心疼
年年　月月　日日

啊！母親　我所愛所親
請勿擔心您的老
您雖老兒未老　盡力扶持無悔無怨　甘任勞
因為　您永遠是么兒的心頭寶

陪您
話家常
說南北

之一

您愛熱鬧　尤喜兒孫滿堂聊
未必聽得清　嘰喳話語與笑聲
但　深知您　此時　滿心歡愉

您說：「啊，你們在談些什麼的呀？
　　唉，我真老了，聽力差好多……」

近些日來　您更衰弱
體力不堪應對　尋常親友探望
簡純規律　是您作息依歸

日復一日的單調　難免無趣
好客樂群的您　何等落寞
默默忍受寂寥　只因不想添增兒憂

之二

啊！親愛的母親　您放心
兒樂意日日伴您　天南地北話家常
談您　年輕往事
說我　童年憶趣

您總體貼　怕我忙　要我甭陪您
我說　沒事　沒事　就想和您聊

您向來溫文嫻雅　話不多
但興致一來　話匣子大開
滔滔不絕話從前　說往事　心開懷

之三

心中不捨又無奈　只因近日見我老母體力衰
語音微微若游絲　話速減緩氣不繼
唉　您年高百歲　教我暨喜卻又憂
喜的是　嵩壽何等大福報　感謝天
憂的是　餘年又能有幾何　向神求

啊！卿卿我母　請放心
兒願傾聽　不插嘴
靜靜聆賞　您慈音
柔聲細語多禪意　有若梵唄清淨音

此時此刻　多溫馨
母慈子孝　幸福盈盈滿我心
雖非彩衣老萊子　娛親自有我真意
拉拉雜雜同您聊　無非么兒孺慕情

啊！始終敬愛我老母
放寬心　天荒地老有兒在
早晚陪伴頻顧惜　多歡笑
天南地北話家常　不無聊

愛心耐性 陪您續人生

之一

福兮幸兮　慈母今百壽
可惜　故親老友剩幾希
可喜　子孫賢孝常相伴

流水潺潺　無情不復還
歲月悠悠　孤寂無盡頭
卿卿我母　踽踽而行有我伴
愛心耐性　陪您續人生

母心我知　寬心　請寬心
老小老小　兒知　老即小

之二

那記憶甬道　我神遊
猶記慈母　舐犢情深深
教我童謠　桃太郎
灶前稚兒　相左右
攜兒南市　買菜去
兒時憶往　歷歷現前來

之三

而今慈母年已老　堪哀
飯時圍兜如幼兒　作息須外傭
腳力難持久　外出藉輪椅　不自由

嘆時光飛逝　豈容我待
恨歲月催母　兒心驚
相聚尚有幾朝夕　知與不知皆無奈
但願　此生永遠愛心耐性護持您
久久　悠悠　無盡期

篇三

孺慕子情深

感同身受 您的老

卿卿我母　您雖老甭掛心
兒愛您　無怨亦無尤
孝順您　心甘也情願

深知您內心　常恐成累贅
只因　您向來自立又能幹　獨當一面
今無奈　凡事須靠人　處處磕磕絆絆

啊！卿卿我母
甭神傷　勿洩氣
畢竟　您年高已百壽

放給兒　讓兒來
體會您心　感受您身
不會不耐　更無怨悔

請放心　卿卿我母
您五兒五女　我卻唯有一慈母
生我　長我　顧我　渡我　非您而誰
若不孝老母　赤子情何堪

啊！卿卿我母　請寬心
兒會感同身受您的老
效法曾參　善盡心體之養
讓您餘生　有尊嚴有意義

慢慢來 我會等您

母親真老矣，行動靈敏不再。
「阿堯，我真沒用，吃個飯都不順手。」
媽難過，我心疼。
她灰心，我不捨。

我耐心執起湯匙，
舀一匙湯，哄著送入母親嘴裡。
一時間，腦中閃現孩提景象——
母親一邊忙著家務，一邊餵我吃飯……
影像中母親，多麼年輕美貌。
如今，母已百歲，兒亦花甲。

時光飛逝　童年歲月轉眼過
歷歷如昨　慈母愛　愛幼雛

啊！母親　我親愛的母親
曾幾何時　您烏髮如雲　而今白頭已蒼蒼
曾幾何時　我們角色互換　您張口待哺似嬰孩

兒雖無法代您老
決心無微不至　盡孝照護您
餵您喝湯　幫您按摩
穿衣穿鞋　扣釦子　梳頭髮
剪指甲　推輪椅　開車兜風……

啊！母親　我親愛的母親
慢慢來　不催您　兒等您
多些溫柔　多些耐性　伴陪您

將我心比您心

之一

您慈眉善目　眾人誇
福慧兼修　相貌莊嚴
駐顏有術　那「老」字與您似無緣

無奈何　歲月無情白髮生
誰知　百歲長者奉侍誠不易
常憶　母親牽我蹣跚學步行
耐心細心　比我多更多

么兒我　何其有幸
得慈母　常相左右
日夜伴母　盡人子孝
不以為苦　享那天倫

之二

卿卿我母　甭擔心
昔日母愛子　見面憐清瘦　呼兒問苦辛
今日子愛母　噓寒問暖亦如斯
兒常設想我是您
想您　心裡會想什麼
想您　歡喜什麼　須要甚麼

將我心比您心
給您　您想要的
而非　我想給的

甭擔心　卿卿我母
孝您　順您　顧護您

有心　用心　更盡心
對您　一顆　永遠的孝心

不讓您孤與寂

之一

無任感激佛菩薩恩典
賜我百歲老母　耳聰目明　頭腦清晰好

兒孫來訪　您高興常不已
卻　總語帶體貼說：
「你們不須常看我　忙自己事較要緊」

但　怎可讓慈母　淪為孤與寂

走囉　親愛的母親
今天又是我們戶外踏青的日子
每週一次　是么兒內心與您默默的約定

趕走那寂寥　您的咧嘴一笑
是我孝順功課本上　您滿意的批改記號

之二

卿卿我母　您走過一世紀歲月
什麼風浪沒渡過　什麼快樂沒嚐過
什麼痛苦沒受過　什麼人情冷暖沒見過
如今　您已回歸淡泊　定靜慧
兒雖深知　卻不願您老年孤與寂

您情感內斂　從不願增添兒女麻煩
然而　母子連心
兒深知　安養歲月雖靜好　難免寂寥

況乎行孝當即時　萬不捨老母倚門望空茫
時間無情不等人
一秒　一分　一時　一日
一月　一季　一年　一眨眼
我和您　只會更老　更老
老到什麼都來不及……

啊！卿卿我母　請放心
排除萬難　一切唯母優先
當您　孤寂與企盼　不讓您等太久

您之所欲　常在我心

您說：「阿堯，你上有多位兄嫂，多年來我卻長住你家，
　　由你和阿瑩照護。很感激，也非常歉疚，
　　麻煩你們了。」

啊，敬愛的母親，住兒家，您竟如此客氣體貼。
深知您內心多顧慮，只能盡心慰藉安撫您，
祈使您釋懷，無復介意。

我答：「能侍候百歲高齡老母親，是兒多福氣。
　　比起兄姊，上天賜我更多機會孝順您。
　　甚感榮幸，萬分感恩，理當珍惜。」

卿卿我母　請相信兒一片真心
從未或忘　您懷胎十月多苦辛
生我　鞠我　長我　育我　顧我　渡我……
數十年歲月　我偉大慈母愛子心無盡

至今兒亦花髮　更體會詩人所云
誰言寸草心　難報三春暉

都說時光如流水　誰知盡孝須及時
古人興高秉燭夜遊
我則體會母恩深難報　唯有秉燭行孝

須知　人生萬事　錯過無法重來
有道　樹欲靜而風不止
莫留遺憾　子欲養而親不待
孝順無須大學問
唯在有心　用心　與盡心

母親的心何其深摯　你總會在其深處找到寬恕
母親的欲望之井卻很淺
一點感恩　一點關懷　就能幸福滿溢

盡情回饋吧　莫等母親開口
因為　無私無我愛你的她
總說　夠了　夠了　我什麼都不缺

為此　時時誡己　務切切體會慈母心
奉上她所愛　給予她所需
還要　加上深深的敬愛
因為　老小老小　卻非如無知嬰孩
當知　物質孝養亦須兼顧心靈照護

長夜漫漫　靜聽我母安詳鼻息
沉思我倆母子情緣之可珍　不禁心中吶喊：
卿卿我母您放心　無論您多老
兒會悉心照顧您　呵護您尊嚴

聆聽百歲老母話

從小到大　印象中　母親話不多
唯氣質溫柔婉約　平易近人

晚年歲月　她最喜兒女繞膝話家常
嘰嘰喳喳的　是我們
含笑聆聽的　總是母親
啊！多麼含蓄內斂　典雅端莊
真的！母親永遠是　我心中第一名模

我說：「大家靜會兒，媽有話想說。」
其實，是我刻意讓母親有機會多講講話。

母親說：「阿堯，我不知道要說些什麼啊……」
我回答：「沒關係，您想說什麼就說什麼。」
家聚中，不時鼓勵母親發言，只為不想母親覺得被冷落。

兄姊們皆逾花甲年　不再青春年少
還能承歡百歲慈母膝下　多麼有幸
聆聽她老人家智慧慈音　何其有福
這一幕溫馨親情　實人間最美風景

媽　您請隨興說說吧
我們耐性聽　靜靜聽　不打斷您說話

啊！一時間　好似回到從前
兒時聆聽母親說話舊景⋯⋯
依稀記得　年輕的母親多麼優雅秀美

而今　歲月匆匆　時光飛逝
眼前的母親已然白髮蒼蒼　百壽高齡
誠然　時間無情　它不為你暫留
但人間有情　我要好好珍惜有母親的幸福

篇四

舐犢母情濃

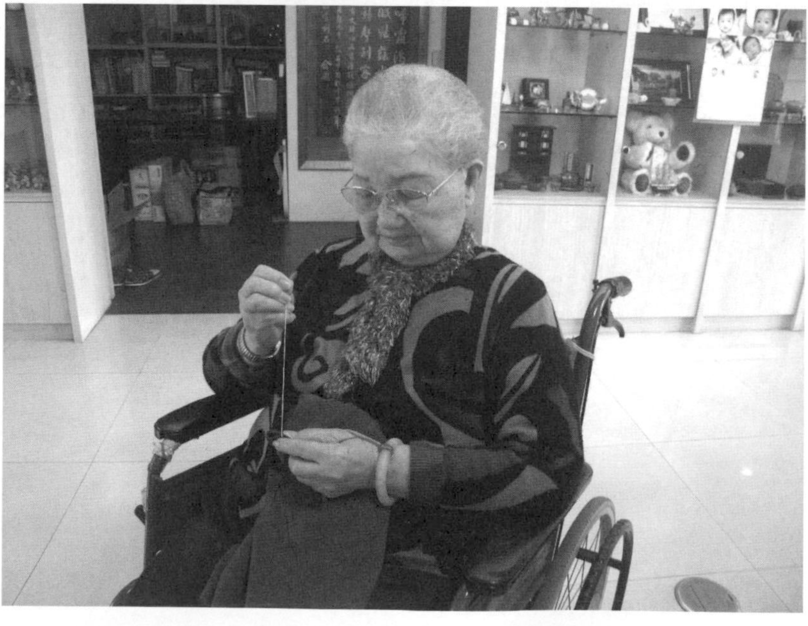

難忘立山五月天

童年憶往　逝如煙
數十載一夕　吹飛無影蹤
昔日懵懂么兒　今花甲

諸般往事歷歷如昨　昨如今
最是難忘　母親秀美容顏
更懷念　暖柔懷抱　溫潤體香
慰我孩提稚嫩心　孺慕情
何等慈祥　無限溫馨

誠難忘　五度伴您國外遊
猶記團夥爭誇　多欣羨
九旬長者　尚能攀登黑部立山頭
您手持拐杖　兒攙您左右
母子二人心連心　手牽手
走在立山　金光燦燦五月天

銘感上蒼　惠我此福報
六十五載　與母共日月
填　記憶金庫　歡樂滿滿
寫　陳年憶往　片片多彩

啊！母親　親愛的母親
回首從前　我一生六十五載歲月
您永是　其中最感人的章篇

追思
長住一世紀故鄉

母親膝下　五男五女
個個生日她如數家珍　毋須提醒
記憶超人堪敬佩　我亦自嘆弗如

花無百日紅　人無千日好
誠喜母親耳聰目明　健康長壽
卻憂母子相伴美景　不能長在

且珍且惜　眼前好時光
為此　每週載母郊遊去
母坐我側　飽覽窗前景
我扮導遊　熱心為解說
重溫過往人事物
所謂　土親人親故鄉親
它是　我母長住一世紀故鄉

我問：「媽，您知道這是什麼地方嗎？」
偶爾我考她，想活絡她的思維反應。
通常她都能答對，只有偶爾記憶模糊。
母說：「阿堯，最近我記性差了，真是老了。」
我答：「媽，像您這樣，百歲高齡還腦筋如此清楚的，
世上少有，好多人羨慕呢！」

我總勸她　年老諸般俗事漸忘　亦不壞
回歸清淨　心無雜念　更無罣礙
放下一切　輕安自在
就算健忘　兒會耐心等待　等您慢慢想起

何其幸福　每天能見您

之一

母親已屆百歲高壽　我亦年過花甲
常懷感恩　我何其有幸
得以和母親——此生對我恩情最大的人
共度她最後的時光　晨昏定省
夜闌人靜　思及此等福分　總憂喜參半

喜的是　和老母親情緣何其深濃
多位子女中　我這么兒獨此榮幸
和她長年朝夕相處　時時承歡
是我之福　由衷感謝佛菩薩恩典

憂的是　母親已年高百歲
得以善盡人子孝道　時日幾稀

我深知歲月逝無情　只能和它賽跑搶時間
搶一日即一日　珍惜母子相處時光

無奈　每一分每一秒　彷彿聽見時間腳步
它在催促著我親愛母親　髮更白　背更駝
我必須把它趕走　盡我全力
我有武功祕笈——有心　用心　與盡心
讓母親常歡笑　陪她說話……
讓母親更健康　陪她散步……
於是乎　時間被我一拳擊倒

之二

人子要多想　你已多久沒陪伴母親了
或許　多次起心動念　想好好陪伴她
但　總被諸多理由擔擱　無可奈何

其實　不妨仔細思量
恐怕——理由皆非理由！

你以為　時間會永遠在某處等你
也覺得　母親會常坐在客廳角落　對你微笑
所以你　習慣性地一再拖延　總被某事擔擱
錯覺　是錯覺　那是錯覺
很重要　所以提醒再三
真相是　你或可抓住沙漏裡的沙
但你抓不住時間　等你驚覺　它已悄然離去
或許　也一併把客廳角落裡的身影帶走

我比更多人幸運　能每天看到母親
長年如一日　盡心孝順我慈母
然而　仍不免為高齡老母憂心
誠心祈求　佛菩薩能恩賜母子倆更多時光

之三

近日發現，母親念佛時好幾回打了瞌睡。
老人家向來體力精神皆不錯，此種情景少見。
尤其，望著她扶著助行器在家中走動的背影，
驀然心驚，母親竟已如此老態，步履維艱。
頓時，不捨之情油然而生。
雖不情願，卻不得不接受母親一日老似一日。

我深知　母親不可能永遠不老
因為　誰也無法留住時光
唯能做者　將時間橫斷面儘量放大
一天當兩天用　一週當兩週用
一月當兩月用　一年當兩年用
甚者　容我更貪心些吧
我想將一小時當兩小時用　一分鐘當兩分鐘用

就這樣　「絕對時間」不變　「相對時間」放大了
而且　我不但為時間加「量」　還幫它加「質」
因為　陪伴母親的計畫和安排：
從「很少」隨侍　改成「經常」關照
從「有限」相處　增為「更多」互動
從「物質」取悅　提為「心靈」慰藉

這些原則其實不難　知易也行易
長年來我早已盡力在做　成效誠然不錯
原因無它　我總是有心　用心　並盡心
念茲在茲　感恩惜福
我常對母親深情告白：

「媽　每天都能看見您　是我最開心的事」

慈祥凝視 掩不住 您疼惜

之一

母親人緣甚好　常受人誇
端莊賢淑　和藹可親　舉止優雅
謙遜有禮　待人大肚　慷慨好施

諸此讚美形容　絕非僅出自我口
誠然有口皆碑　親友鄰舍有目共睹
事實上　母親就是人氣王

作為我母么子　深感與有榮焉　三生有幸
母親也是教導我阿堯一生　待人處事的重要上師

之二

向來我自視不低　甚至貢高我慢
一般人的德行涵養　甚少讓我心服口服者
在所敬佩為數不多人中　母親乃是其中佼佼者

每當我冥頑不靈　誰也勸不動時
此刻　唯有母親能讓我激動心緒平息
乖乖傾聽她善語　順從她規勸

母親總能耐性待我　對她偶有不敬
她亦能心平氣和　從不大動肝火
她大人大量　每令我自慚形穢
衷心接受她勸化　如沐春風春雨

她之於我　若同慈悲觀世音菩薩
我願成為座下金童　日日敬聆法音

之三

母親慈眉善目　自有其威儀與悲心
每當她微笑凝視　我總能感受其中深深疼惜
彷彿軟軟的皮鞭　輕輕打在調皮羔羊的身上
感謝母親　這輩子對我無限關照　且無怨無悔

即便她年華老去　喚兒聲音不再那般有力
即便百歲老者的臉　已爬滿歲月痕跡
但她的雙眼雙眸　卻蘊藏更多溫柔與悲憫
所謂「牴犢情深」天性自然
對我而言　有母親之處　就是快樂的地方

「阿堯，來我這兒，讓阿彌陀佛為你加持保佑，
希望你肝功能趕快痊癒。」
隨即，她將唸珠往我身上肝臟處上下輕拂。
她念念有詞，為我祈求阿彌陀佛神力加持。
尤其，感動並感激的是，她每天都將誦佛功德迴向給我。
即便我不在身旁，她也以自己的方式，祈求佛菩薩保佑我。

母親總如此慈祥寬宏　萬般疼惜我
有人說　世界上的一切光榮和驕傲　都來自母親
誠然　母親乃是　我一生中最具影響力的人
言教身教而外　光是望著她的慈悲面容
即能讓頑石點頭　收斂我傲慢心性　甘願臣服於她

母親就像佛菩薩　隨時隨地渡化著我
若我有若干成功　做人有若干精進
背後都有著母親的美意　支撐與鼓勵

有時　我癡癡望著母親的和藹容顏
內心深處　常不由自由地喃喃自語：
「媽　您的慈祥凝視　眼裡滿是疼愛溫馨」

再老還是您的小小孩

之一

有一首歌，廣為流傳——
〈世上只有媽媽好〉
歌曲淺顯，詞意扣人心弦。
它說：「有媽的孩子像塊寶」，
也嘆：「沒媽的孩子像根草」；
描繪天下孩子的幸與不幸。

「投進媽媽的懷抱，幸福享不了」
「離開媽媽的懷抱，幸福哪裡找」
無關貧富，媽媽的懷抱永遠是孩子的幸福所在；
媽媽的懷抱是避風港，是無價寶，用錢買不到。

憶我孩提　每逢挫折不如意時
只須投進媽媽懷抱　讓媽媽哄哄撫撫
再大委曲　隨即雲消霧散　破涕為笑
母親神奇力量與生俱來　無人能替

往事飛逝已然半世　今想起猶歷歷如昨
母親秀美容顏　馨逸體香
還有那溫暖懷抱　一一收在我記憶匣裡
每當在街頭鄰里　看見類似情景
它即自動偷偷打開　讓我重溫童年那美好憶往

這些感受和經歷　其實多數人皆有
只是　隨著年紀漸長　卻逐日淡忘
尤其成家立業後　更是任其模糊　不復記起
多麼可惜　關於母愛的回憶
曾經是　可以是　鼓勵你生命奮起的偉大力量

更且　忘記母愛　忘記對你恩情浩蕩的母親
那是何等可悲　何等不孝
然而　母親即母親　委曲如此　終不計較
一旦她生下你　她便永遠愛你惜你
你終是　她永遠永遠的寶貝
何其偉哉　如此無私無怨無悔的母愛
何其慚愧　孩子的回報卻僅及其萬一　慚愧啊

之二

有人說　在你生命中最荒謬的一天
就算你亟欲隱飾　也騙不過你的母親

人子啊　請靜靜想想　你這一生
每當　挫折煩憂　困頓無助　委曲不如意

一時無人能聽你傾訴　朋友沒空　配偶在忙
那時　誰會是你最想找的人
當然唯有　永遠一旁守護並深愛著你的母親

人皆會年華老去　那時　母親比我們又更老
然而　母親眼中的我們　依舊是她從前的小小孩
不同的只是外表　你變成了一個大孩子
或老孩子——她再也抱不起　揹不動

世上所有的母親　都患了某種老花眼
她們永遠看不出　她的孩子已經不是「孩子」
我的母親亦如此　呼喚已是「公」字輩的我
好像呼喚當年那個　稚氣不懂事的么兒

母親的關愛和疼惜　從不因時間飛逝而遞減
甚而　更加眷戀依依　更加濃郁黏膩
母親的愛綿綿不絕　無私無我　不求回報
那感受　難以名狀　那感動　更無法形容

我感恩自己的幸福——老小孩依然被老母親日日疼惜著
也享受無盡的天倫樂——母子倆的舐犢情濃與孺慕情深

歲月無情　青春一天飛逝一天　母親竟已百壽
每每告誡自己　務要及時把握　惜取與慈母共處時光
這樣的時光　就像世上絕無僅有的藝術精品
愈來愈加昂貴　也愈來愈值得珍惜

如今　我已是花甲一老翁
看看　世間多少名利轉眼已成空
頓悟　人情冷暖有虛有假

更覺　母親的愛多麼寶貴無價　多麼真實而永恆
心中不時默唸：
「媽　我永遠是您眼中的么兒　時時需要您關懷」

篇五 上師與明燈

讓我頑石點頭唯是您

之一

貧窮是最好的大學，對當年褚家孩子更是。
少時，左鄰右舍，屬我們最窮。
吃得比人差，穿得也粗陋。
三餐能飽已萬幸，嚴冬禦寒舊棉襖。
至今猶記得小學時候，球鞋穿到破底不能丟。
更記得母親諄諄教誨：「人可以窮，志不能窮。」

窮家孩子總是較早熟懂事，自知物資先天不如人。
更懂得力求上進，學習如何苦中作樂，知足常樂。
諸此種種品格和操守，得自母親優良言教與身教：
貧窮並不可悲，唯喪志可悲。
要樂觀進取，積極自創前程。

欣慰的是，褚家孩子自小就被鄰里讚誇：
「褚家雖窮，孩子們卻是最會讀書。」

這一生　我雖非權貴之人　心靈卻甚富裕
只因深受母親耳濡目染　自小汲取不少心靈資糧
她老人家的家教　影響我一生一世
孩提青少年時　固然殷殷耳提面命
即使至今　高齡已百的母親　依然時刻指引著我
使我日有所精進　修行而不怠懈

從小到大　周遭智者與善人　雖不少
德性及情操令我真正敬佩者　卻甚少
然而　母親卻是這少數者中第一人
實話說　能教我這顆頑石點頭的　唯有母親

之二

母親生性節儉，連擦嘴衛生紙都多次使用才丟。
我常揶揄她不合衛生，她卻巧妙回答：
「這一面還很乾淨呢，用一次就丟，豈不浪費！」
我不便反駁，因為她的說詞確實有理。
她極其惜物，不輕易浪費絲毫可用物資。
而在她身教下，我也養成節儉好習慣。

母親美德不僅止於此，她更是愛心十足大善人。
長年來，把市府每月敬老津貼及安老津貼，
全數定期分別捐贈與不同慈善機構。
甚至，常把省用積蓄捐給需幫助者。
我深受她德風感召，每在幫她匯寄捐款時，
自己也配合捐出，以示效行母範。

母親善行不勝枚舉，身旁照顧她的外傭瑞塔亦常受母親財務上及心靈上幫助。無怪乎，瑞塔視母親為她一生中最大恩人與貴人。更常向母親表達她內心無限感恩：

「阿嬤，您就像我的聖母馬利亞，感謝您！」

「阿堯　在社會上處事　記住　要把持住『不貪』
凡不屬於自己的財或物　千萬不能佔為己有」
「阿堯　人生在世　不必強求大富大貴　更重要的是
但求問心無愧　心安理得　心靈平和　才是真富裕」
平易卻偉大的小道理　出自我平凡老母親
令我由衷敬佩　景仰　更愛戴不已

之三

母親向不道人短　明知對方錯　亦不予批評數落
必要時　甚至刻意強調對方優點　以息事寧人
尤其　婆媳間相處本是不易事
她從不說媳婦的不是　甚而只有誇獎
坦白說　婆婆胸襟如此者實不多見
而母親卻是少數中一人　真是與有榮焉

母親惜情念舊　更是懂得　知恩圖報
年輕困頓時曾幫過她者　她都想回報
而她確實也盡力一一達成
或有做不到時　內心常耿懷　若有所失

她的慈悲　不僅止於遍施自家子女兒孫
即便親戚朋友　鄰人甚或不識者
她都本著愛心　付諸行動　關心幫助
令我最感敬佩者　已然百歲高齡的她
至今　仍不失慈悲本懷　行善如常　如昔

何其有幸　我有母如斯
她的言教與身教　我永誌不忘
啊！母親　我親愛的母親
有您同在　讓我成為心靈富裕之人
也唯有您　能讓我這顆頑石俯首點頭

唯一不生我氣的人

之一

人生在世　除父母外不乏親近之人：
兄弟姊妹　夫妻子女　同學同事　朋友情人
或許　他們也都愛你或喜歡你
但　彼此情感多半建基於對等互惠上
一旦前提變卦或失衡　關係即難維持

唯獨父母對子女之愛　幾乎很少變調
尤其　母親更如是
有人說：成功的時候誰都是朋友
但只有母親——她是你失敗時的伴侶
無私的母愛　甚至　比道德更為崇高

母愛出自天性　不求回報　只想付出
其偉大　在於不現實　不功利
其付出　既無私無怨　更無悔
一輩子　竭盡所能為子女著想
其情操之偉大摯誠　猶如：
春蠶到死絲方盡　蠟炬成灰淚始乾

之二

我真幸運無比　有慈母賢良如此
她的愛既深且濃　自小至今
即便她已百歲高齡　我也已然爺爺外公
母親對我的愛從未變調　不曾稍減
我徜徉其間　有如魚兒優游於浩瀚洋海

「阿堯，你是個宅心仁厚的人，何苦言詞老是那麼強硬？
即使你是對的，但有理也不須理直氣壯啊！更何況，
有理還能做到饒人之處，那才是講理又有修養的人，
而對方也才會對你感到服氣。」

我深知母親掛心　我的脾氣是她唯一擔憂
明白她有心渡我　要把我從此岸渡到彼岸
想想　她都已明示　又何忍辜負她期望
再說　高齡已百的母親　早已恬澹自如
為人子　還能拿什麼來孝順她　去慰藉她
我若真有心盡「孝」　更當「順」她之意

母親清楚　我雖然嘴硬　終究會聽從她的話
從小至今　能讓我心服口服者　唯母親一人
只因　她的德性與情操令我敬佩

就像一座高山　讓我景仰與學習
懇望藉諸慈母加持　將我引渡到彼岸

之三

母親最令我敬佩者　在於她總能心平氣和
年輕時　承受沉重家計　卻從不怨天尤人
無論　家境何其艱困　日子何等難過
她總是咬緊牙關　隨緣認命
面對諸多接踵低潮　不免有些委屈怨氣
但絕不對兒女發脾氣　或遷怒
處逆境而尚有此修養　實非易事

反觀自己　偶爾還會因瑣事和母親鬧脾氣
甚至　言詞稍有不敬
但　她胸懷大度　修養極佳　不生我氣

總以慈祥溫柔眼神　靜靜凝視我
溫言勸導我　態度既和藹又仁慈
其悲憫如此　每讓我靜下心緒　反省自己

一次又一次　我衷心臣服　受她感化
我真的沒有理由不順她　不從她
母親就像佛菩薩　發大慈悲
耐心渡化我　期盼我早日修得成果

誠然　積習不是立馬能改　更須上師您的善導
為此　么兒懇請母親慢慢老　因為：

「媽　您是這世上　唯一不會生我氣的人」

無條件包容我的人只有您

之一

「阿堯，人生在世不用太計較，心胸要大度些。
寧可嚴以律己，寬以待人。」
「不要太堅持自己想法或觀念，因為它們未必沒有瑕疵。
尤其，想要與別人和好相處，就要隨和些，儘量包容對方。」

簡淺幾句話出自母親　卻蘊含做人的大道理

母親一直是個超級「人氣王」——
父母的「好女兒」　公婆的「好媳婦」　先生的「好太太」
子女的「好母親」　孫子的「好阿嬤」　友人的「好朋友」
甚而　鄰居的「好厝邊」
這些讚美絕非片面之詞　而是眾人心聲

諸多好評　代表母親俱足圓融待人哲學
更突顯母親有容乃大　修養已至爐火純青

之二

回想父親往生後　母親便在兄弟間輪住
雖然　母親深知　我最希望她與我同住
事實上　她最喜歡的也是住我這兒
但　她凡事為人著想　當時並未做此決定
後來　妻和我主動邀請　這才定居在我家

「阿瑩，謝謝你邀我長住你們家，往後會有不少麻煩之處，要請妳多包涵哦。」
「阿堯，多謝你對我這麼孝順，今後你更要好好疼惜阿瑩。母子之間只是一世的關係，而夫妻緣份，卻是兩世的。切記，千萬別因為我而影響到你們倆的相處。」

「我有瑞塔照顧，你放心，不用花太多時間在我這裡。
多去陪阿瑩，也多關照培養你們夫妻之間的好感情。」

你瞧　連住在兒子家　對媳婦都如此客氣尊重
可知　母親是何等善良　又何其善解人意
諸此細膩心思　總是為他人著想　設身處地
在在顯示　她深具「包容」的高度涵養修為

之三

想我從前　更難以忘懷　自小至今
母親對我那無怨無悔　無盡包容的愛心
無不令我感動　無不由衷感恩
於我而言　包容是一樁知易行難的修養
對她來說　似乎只是信手捻來　渾然天成
為此　我只能景仰　也只有敬佩與學習

母親的寬宏　包容了我個性上諸多瑕疵：
自負自大　耐性不足　得理不饒人　易怒固執……
這些缺點　年少至今如影隨形　揮之不去
對外人我或可自制　對親人約制力則差許
尤其從小至今　不知傷過母親幾次心
但每次她總容忍我　而我竟恃寵而驕
對她老人家予取予求　至今想起懊悔不迭

回首過往　曾經對母親的不遜或不敬
她每每克己自持　寬容我的失態
因為　她深知么兒內心對她的至孝
夜闌人靜　省思己過　常愧悔不已

在我生命歷程中　母親始終對我無盡包容
這世上　除了母親　誰會如此寬宏大量

「林肯總統說：自己之所有，自己之所能，
都歸功於我那天使般的母親」

於我而言　母親則如同我的佛菩薩
我之修養精進　至今仍須仰賴母親渡化
為此　我懇請母親您慢慢老　因為：

「媽　您是這世上　唯一能無條件包容我的人」

永遠不忘　您庭訓

母親家學淵源　清末秀才之後
不幸從小失怙　歷經二次養女歲月
婚後　憧憬企盼開啟幸福人生　家道卻貧困
十子女先後生　家計日益沉重
卻能隨緣與認命　晝夜辛勤
憑藉堅強毅力　聰慧與靈敏
終能　振興褚家家運

兒女各個成就　可堪安慰
雖非達官顯貴　尚稱社會中堅——
博士　教授　名師　作家　董事長　總經理……

「於我而言，我的母親似乎是我認識的最了不起的女人……，
我遇見太多太多的世人，可是從未遇上像我母親那般優雅的女人，如果我有所成就的話，這都要歸功於她」

這是卓別林的話　也是我的心聲

為同時教養不同年齡的五兒五女
家教嚴厲　誠屬必然
嘀咕責備　在所難免
無非　出自母親的殷殷期盼
所謂　愛之深　責之切

苦口婆心　悉為淬煉子女心性
嘀咕責備　實是人生哲理泉源
誠感恩如斯珍寶　令我終生受用不盡

每想起孩提情景　心中無限感懷
當時　家境雖窮困　生活卻總不乏歡聲笑語
只因　賢淑慈愛母親　彷佛堅毅睿智掌舵人

將我們的「褚家號」愛之船　安安穩穩地
一次又一次　乘風破浪　航向幸福的彼岸

永遠忘不了母親的庭訓：
家和事興　善解人意　聰慧靈敏　無怨無悔　慷慨隨和
養生有道　苦中作樂　虔誠信佛　達觀自在　顯時忘名
賜予我無窮智慧　得以面對　無常生命與多變生活

諸此人生智慧　無價珍寶
是我終生待人處事之所依
更是　人生大海中仰賴之指南
若無您智慧之掌舵引領
在這充滿挑戰誘惑的欲望海洋　吾將迷航

細思量　還能有多少時間伴隨您身旁
聽您　那苦口婆心叮嚀　耳提與面命
啊！母親　我要善加珍惜所有與您相處時光

母親啊！　我親愛的母親
堯兒　永生不忘您的庭訓
您任何嘀咕或責備　我都甘之若飴

惠我人生
智慧無價

之一

母親自小聰慧靈敏，勝於常人。
從未受漢學教育，卻能自學國語；
因此，饒益日後無數：
閱讀報章雜誌、小說信函，皆通曉無礙；
待人接物、小本生意，亦得心應手。

且看　百歲高齡　日式教育　舊時臺灣女性
她尚能閱讀書報、影視新聞　說唱國語
坦白說　著實不易　更令人敬佩

尤其　我出版之散文集　暨數本母慈子孝專書
雖然　她視力已弱　但仍堅持陸續閱畢全集
只因　作者是她疼惜且緣深情重的么兒

母親心算能力之強　令人佩服
一般加減運算難不倒她　算得既快又準
九十歲前的她　心算速度甚至比我還快

百歲的母親行動日益遲緩
可喜的是　腦筋依然清晰
心算速度稍慢些　精確度卻一如往昔
你不能不佩服她　歎為觀止

她一直是令人敬佩的長者　到處受歡迎
其魅力來自　偉大人格特質與行事風格
母親就像一本智慧之書　我從孩提時開始閱讀
至今年已花甲仍百讀不厭　依然從中獲益甚多
但待人處事的圓融智慧　我仍遠不及母親的深厚功力

之二

母親傳承我如下智慧　是我終生學習及效法的典範：
「圓融的待人哲學」
「睿智的處事態度」
「豁達的心靈氣宇」
自小至今耳濡目染　母親的言教及身教
見證她　漫長艱辛歲月奮戰的堅毅
讚嘆她　歷經困頓逆境所淬鍊出的堅貞節操
這些珍貴智慧　皆為她所賜　永遠受用的無價之寶

母親是我生命中的上師　黑暗中的明燈
她俱足無窮智慧　隨時待我開採與善用

年輕時　我不知珍惜　蹉跎不少時光
常自視甚高　認為母親觀念迂腐過時
將她的苦口婆心　看作嘀咕
把她的諄諄善誘　視為囉嗦
猶未覺悟自己的貢高我慢
母親總不怪罪我　從不計較我的輕慢無禮
她慈悲為懷　多所包容　常令我自慚形穢

漫漫歲月　孩提少年　青年中年　至老
母親耐心教化我　無怨無悔　無量智慧
她的無比耐性　無限慈悲
終讓我這顆頑石逐漸學會　那遲來的柔順與謙卑
由衷感謝母親　成為我生命中的佛菩薩　開我智慧

我生性頑劣不化　誰也勸不動
母親卻能教頑石點頭　耐心琢磨

若我能稍稍閃現寶石光輝　都歸功於生命中
偉大石匠——母親　她謙卑溫和　揮動言教身教的釜鉞
鑿鑿刻刻　成就今天的我

母親心量既大又廣　顯現她極高的涵養
她一生的言教與身教　影響我一世
我對她由衷讚嘆　無盡感恩她：

「媽　您的人生智慧常在我心　讓我力量無窮」

我永遠的上師與明燈

之一

脾氣始終是我罩門　也是這一生功課
「阿堯，我能說說你脾氣嗎？你會生氣嗎？」
好慚愧　母親想說我不是　還得如此客氣

我的修養必然出了問題
脾氣上不當表現　包括：
自大自負　自命不凡　自以為是
不聽人勸　耐性不足　情緒固執……

「阿堯，你其實非常孝順善良，懂得為人著想，不僅為這家族
也為外人做了不少好事。然而，若常用不好脾氣待人，
那麼，之前所做那些善舉也會折減很多。」

「阿堯，你是個聰明人，一定聽過也明白
『一粒老鼠屎，壞了一鍋粥』的道理。媽很希望你
能徹底改善脾氣，讓胸襟與格局提升到更高境界。」
「聽我的話，如果你能夠做到，那才是真正孝順我，
也是送給我的最好禮物。」

能不答應嗎　這要求絲毫不過分
不是嗎　「孝」她　就要「順」她
然而也非易事　我很努力　仍不免犯錯

之二

記得　曾為母親跌跤事數落過她老人家
惹得她難過傷心　眼角泛淚
然而　善良的母親為儘快平息我的不快

竟然委曲求全　主動向我道歉：
「阿堯，是我不對，不該沒有遵守答應過你的承諾，
又獨自起來行動，才會跌倒，讓你擔心，對不起！
下次我不會再犯了。」

天啊！我何其不孝　又何其不敬
竟讓我最敬愛的母親如此委曲　謙下自責
啊！她老人家的心量何其寬廣
為人處事　又是何其睿智善巧

我深知　高齡長者最忌跌倒
醫生特別囑咐　我也一再懇請母親能配合
而母親　口頭雖答應　卻好幾回逕自行事
某次跌了一大跤　所幸並無大礙
情急之下　我才會對她有若干不敬之語

然而　眼見母親低頭噙淚　我霎時心如刀割
趕緊向母親道歉　雙膝下跪
流下後悔難過的眼淚　懇求母親的寬恕：
「媽，請原諒我剛才的不敬與不孝，其實是我不對。
從此以後，我絕不會再犯，請您相信我。」

母親見我跪地求取原諒　向來慈悲為懷的她
悲憫心大動　老淚縱橫平靜地看著我　和藹地說：
「阿堯，你是個少見的孝子，對我的至孝我尤其感恩。
然而，你的脾氣真的很不好，媽希望你能夠趕快改掉，
就當是對我最好的孝順，好嗎？」

聽此哀求　我情不自禁　跪抱著母親
發覺　她彎駝的身軀比往常更為孱弱　更為老邁
我含著淚水親吻母親額頭　她也親吻著我的手背
就這樣　母子相擁而泣

我繼續跪在她跟前　再次懇求她的原諒
她則勸慰我　別再傷心了　趕快上班去

天啊！我何其不孝　又何其不敬
豈可輕忘　母親已是百歲高齡長者
感謝她寬宏雅量　包容我　不與計較
她老人家如斯言行感化著我　引渡著我
我務要珍惜把握　千萬別做不孝子

之三

每個人一生都有許多功課　人生學分
承蒙母親之善導　我已修習不少功課
誰知　個性脾氣這一門最難修
感謝母親諄諄教誨　益我良多

這輩子　母親始終扮演著我的上師與明燈
我由衷祈求佛菩薩加持　讓母親能慢慢老
因為：
「媽　我的脾氣　仍需要您的　感化與引渡」

篇六 請您慢慢老

千金難買　您一席話

母親高齡百歲　健康又長壽
得此福報　她感恩　知福亦惜福

誠遺憾　同學朋友親人紛紛辭世
心中難免落寞與孤寂
無奈落花和斜陽　每觸景傷情　怔怔無言

我深愛母親　感同她身受
極不願她獨自承受老年孤與寂
切盼她時時恬靜自在　少悲而多樂

「阿堯，快上班去，甭再陪我了。」
「多去陪阿瑩，你倆夫妻要多些時間相處才好。」
總是如此　母親一心只想讓我更幸福

然而　子孝毋豈僅止於生活照料
給予心靈慰藉　更勝於物質供養

回想兒時　母親百般含辛茹苦拉拔
無怨無悔　默默奉獻　無私與無我

而今啊　而今
她年華已逝　體態老邁　身心孤寂
更須兒孫多關懷　常繞膝前承歡語
為此　莫等老人親開口　共樂桑榆

我年過六旬　母親高壽已百
「樹欲靜而風不止　子欲養而親不待」
暮鼓晨鐘般的詩句　敲醒人子的心靈
行孝須及時　能承歡慈母跟前　就是一種幸福
母親殷切叮嚀的聲音　千金難買　以後恐難尋

啊！卿卿我母　兒想把耳朵展成一張網
捕捉您的美麗語音　好能隨時播放傾聽
我要做您最好聽眾　像佛弟子那般
畢恭畢敬　專心聆賞您的法音法語

何愛堪比母子愛

之一

歲月匆匆逝如流水　猶似白駒過隙
人生底事　從不復倒帶
錯過一時　亦不教重來

「樹欲靜而風不止，子欲養而親不待」
朗朗上口詩　人在青少時
感觸動真情　行孝復幾人

此詩警惕吾人　深且重
令我時刻銘記　在心頭
么兒為此多盡孝　聊報百歲老母浩瀚恩

之二

雖說父母跟前不言老　畢竟歲月不饒人
兒已花甲　母更老
老態龍鍾　健康不如昔
總教人子滿心不忍不捨　情難堪

寒冬食易冷　每以煲湯餵娘親
常憶孩提時　母教么兒學用匙與筷
而今時空轉　角色換
烏鴉反哺古人勸孝詩　我今實踐勤奉養
子餵母湯情意真　暖流陣陣湧心田
牴犢情濃　母愛子
孺慕情深　么兒戀母深切切

青春如流水易消逝　愛情花朵終會枯萎
友誼綠葉不免凋零
母親對我之愛　卻永遠純真無私　偉大可信

之三

問蒼天　母子共處時光還幾何
無奈　即便賜我母子情緣加幾年　終有限
堪哀　歲月催人老　百齡老母似乎老更快
豈能不珍惜　教她常開懷

時時自我告誡　切莫自欺
以為時光能蹉跎　母親會共老到永遠
誰人知佛菩薩旨意　是否從人願
唯有記取當前　子逗母笑　早晚娛親多歡欣

卿卿我母日漸老　兒亦花甲髮蒼蒼
但盼母子情緣長久長　人笑我癡心
不怕人諷是媽寶　其實有媽的孩子真是寶
我當更加珍惜您
畢竟　世上只有媽媽好

我永遠的心中寶貝

之一

每個孩子都是母親的心頭寶　心上肉
一顰一笑　一舉一動　牽動母親的歡與憂
即便你已為人父母　漸漸變老
不變的是　母親眼中的你依然是瑰寶
她永遠愛你　毫無懸念

多麼幸福　永遠做我母親的心頭寶
莫笑　已當爺公的我仍被百歲老母寵
出門叮嚀穿外套　怕我冷
進門問我今天辛苦不　怕我累
啊　這就是她永不止息的母愛

有趣　花甲之年還被母親當作小小孩
母親眼中　么兒我似乎不曾長大　仍是童騃
她永遠想把你攬入懷　無限憐愛
畢竟　是她辛苦懷胎十月心頭寶

之二

「阿堯，別忘了吃塊紅豆麵包，是阿瑩買的。
很香，很好吃哦！」

妻特意買的紅豆小麵包　知道母親最愛
她總會刻意留下一個給我　卻說自己吃不了
其實　是母親疼惜我　想要與我同享
以前不懂母親心意　我總回絕她
如此三番兩次辜負老人家美意　真呆
後來曉事　不再拒絕　才讓她樂開懷

不只紅豆小麵包　其他兄姊親朋孝敬的好東西
母親總會幫我留一份　看我也吃　才開心
我總算學會分享的小道理　知道該怎麼體貼母親
原來　欣然接受她的美意　也是一種孝順
索性　我當著母親的面　張嘴就吃
她面帶微笑看著我　眼裡滿是慈祥與歡欣

之三

人子常犯如下錯誤：
以為　母親愛我們是天經地義　把我們當做寶是必然
以為　母親為我們犧牲是天職　原諒我們過錯是應該
甚至愚昧地認為：
母親為我們付出一切　是該有的責任義務
好像母親天生必須　一輩子為我們做牛馬
諸此全然無理之理　人子卻常犯猶不自覺

摸著良心省思　就該自覺慚愧
細想　我們從母親那兒得到的　實在太多太多
而我們曾為母親付出的　卻少之又少
啊　何其慚愧　何其愚痴　又何其不孝

人子若醒悟得早　善盡孝心也不遲
若能更早回頭　遺憾少些　欣慰多些
我心深悟　母親已然百歲高齡
體能逐日弱化　猶如稚年孩提
諸事更多仰賴他人　好似嬰兒戀母情依依
她正邁向老小老小之年　我須珍惜此機緣
善盡反哺孝道　樂意成為親愛老母之依靠

之四

「霜殞蘆花淚濕衣，白頭無復倚柴扉」

誦讀恭公和尚詩　頓時有所悟
決心抓緊每一孝順良機　取悅老母親
認真把握每一刻相處時光　讓她開心
若此確確實實有心　用心　與盡心
日後或能稍減悔之已晚　空遺憾恨

百歲老母無欲無求　早已淡泊清心
對她孝養不僅重在其「身」　更在其「心」
亦即　孝「敬」與孝「順」　莫讓母親煩心

因而　經常誡己　注意「身」「心」並孝
尤其　務要切實「尊敬」「順從」老母親
讓她時時感受　生命意義和尊嚴
日日享受　兒女孝報母恩天倫樂

為此　內心經常不由自主向母親告白：
「媽　您一直是我心中寶貝　我也永遠珍惜」

永遠懷念和您一起的點滴

之一

夜闌人靜　常憶往事　遙想那年少時
母親花多少時間　耐心教會我無數事
這些點滴　長大後多半已然模糊
老母桑榆之年卻常提起　且懷念依依
多少次母子閒聊　她曾對我説起
「阿堯，和你們小時候一起的那些點點滴滴，
我常懷念不已！」

如今　我已然花甲老者　才真正懂得她老人家心境
也才真明白　母親對孩子的愛竟如斯永無止境
這永不褪色的愛　似平凡卻偉大　最無私也最純淨

這些年來　從少年青年　壯年至老年
歷經　人子人父人祖　不同角色立場和感受
才逐漸體會　母親曾說過的那句話背後心情
其內心深層意義　竟是如此耐人尋味
足讓天下為人子者　好好正視及深思

為此　我也該好好自省：
「從小至今　我和母親一起　有哪些懷念點滴」
也許　它們平常平凡　對我卻都彌足珍貴
我理當　趁記憶尚好　著實好好彙整一番

之二

回想從前　和母親共處的諸多過往點滴
是記憶中的難忘　更是日後隨時緬懷之寶
人　不僅是感情的　善於記憶的　且懂得回憶的

而在　感情記憶回憶　三者交替下
編織了　也豐富了　每個人的生活與生命
我與母親間的故事　就在如下情節自然編織而成

（1）陳年憶往

感性念舊如我者　甚喜回憶往事
想那從前過往　每每心中無限溫馨
經常　恨不得時光倒流　重回舊時場景
與母親重溫　那無數珍貴的母子情深
以及　千金難以買回　諸多無價憶趣

（2）母子情深宿世緣

諸兄弟姊妹中　我和母親緣份最為殊勝
母子共處時光也最為長久
幾乎　少年青年　壯年老年　每一階段
母親於我舐犢情濃　我對她孺慕情深

無論　時光怎麼荏苒　亦從不曾間斷
我始終是　她最貼心孝順么兒
而她更是　永遠疼惜我的老母

（3）五度伴母國外同遊

么兒伴母　五度二人行　天下遊
譜下精采片段連連　歡樂時光無數

猶記　母年正八十　同遊北歐暨俄國
回想　斯年八十五　初次中國上海行
憶及　其年八十六　上海二度共重遊
緬懷　當年八十七　欣訪日本北海道
難忘　年高九十壽　登臨立山覽黑部

（4）伴母戶外近郊遊（市區、近郊、鄰近縣市）

於母親而言　旅行始終是她最愛
然而　百歲高壽欲遠行　國內國外皆不便
為此　每週定期載她戶外走　兜風與透氣

近者市區郊區　留下片片足跡和形影
藉諸緬懷舊往　活絡老母思維與記憶

車以代步　偶爾輪椅推她漫步行
悠閒緬懷她世居百年　戀戀竹塹城
大街行　小巷逛　重訪她出生老家
我猶如識途老馬　為她熱心導遊並解說
但盼開啟　她記憶金庫中諸多珍貴憶往

遠者驅車鄰鄉近鎮　訪那名勝與古蹟
留下諸多難忘影像　篇篇行腳無數
盼供來日緬懷　種種珍貴母子憶事

（5）伴母之旅詩選十四首

向來我喜以詩記事　隨興賦詩
早期之作十四首　蒐羅如下
詩文皆為我與母親近距離互動　有感而發
於我而言　它們彌足珍貴　饒富意義
皆是記憶金庫中瑰寶　日後美好回憶

伴母北歐四國之旅詩　一首
伴母中國上海之旅詩　五首
伴母日本北海道之旅詩　二首
伴母日本立山黑部之旅詩　二首

伴母藤坪山莊、石門水庫之行詩　二首

記端節九旬老母包粽詩　二首

（6）就讀臺灣大學時以母為範之「十願」

一九七一年九月十六日　我就讀臺灣大學二年級

母親為籌措我與四哥（同校四年級）學費　甚苦

當年家境貧寒　同時栽培二大學生　實艱辛不易

我懂事早熟　不捨母親持家辛勞

感念她浩瀚母愛　望子成龍之心

即興寫下　以母為範之十願

期許自己　效行母親偉大德操

願我勿負母望　專心學業　成功立業　以報母恩

一願　像媽媽一樣機智　遇事沉著　臨危不懼

二願　像媽媽一樣有耐心

三願　像媽媽一樣能吃苦

四願　像媽媽一樣性情溫柔
五願　像媽媽一樣從不向人低頭
六願　像媽媽一樣從不抱怨一切事
七願　像媽媽一樣能夠忍氣吞聲
八願　像媽媽一樣能夠知足而不貪
九願　像媽媽一樣冷靜　果斷　有恆　不洩氣
十願　像媽媽一樣看護家庭　尊敬長輩雙親

（7）和母親共同創立教育基金會

二〇一二年初　我和母親　各捐新臺幣一百萬元
連袂發起成立「財團法人褚林貴教育基金會」
母親榮膺創會董事長　我則擔任執行長
基金會宗旨　秉持母親慈悲為懷　樂善好施精神
母子倆共同期許　基金會三大任務
其一　主動贊助家庭清寒學子努力向學

其二　提升家庭教育與社會教育之品質及水準
其三　積極弘揚孝道　推廣母慈子孝

誠然　能和母親共創教育基金會　與有榮焉
尤其　母子同心出錢出力　意義非凡多殊勝
藉此善舉　創造將來緬懷母親諸多美好回憶
只要基金會永續運作　那記憶　將永不消失

之三

承上重點摘述　從小至今與母共處　生活諸點滴
也許　平凡平常　但每一點滴　於我皆珍貴無比
尤其　母親已百歲高齡　我當珍惜把握每一片刻
期能　和母親共創記憶金庫　留下更多美好回憶
為此　親愛的母親　可否請您慢慢地老　因為：
「母親　和您一起的點點滴滴　永遠令我懷念不已」

請您慢慢老

之一

母親年高百歲　我也已然六五老者
心知　能和母親共處時光　端賴佛菩薩旨意
每思及此　不捨之情油然生　並祈求佛菩薩
能恩賜更多時間伴母　因尚有好多恩情須報
畢竟　母恩難報　歲月又如梭

母恩浩瀚　自古讚頌不絕：
「欲報之德　昊天罔極」　「滴水之恩　當湧泉相報」
「誰言寸草心　報得三春暉」　「恩則孝養父母」

而母親於我之恩　不只是滴水　更如　浩瀚海洋
為免「樹欲靜而風不止　子欲養而親不待」之憾
常鞭策自己　好好珍惜把握　與母相處每一片刻

所幸　已為母親寫了數本專書　可供來日緬懷
世上人子　曾為母親如此做者　誠屬不多
可見　母親於我心中地位之深重　無人可代之

之二

尤其　第三本專書　《母親　請您慢慢老》
全然以「母愛・愛母」為主軸　深情瀰漫字裡行間
從小至今　如下所述　百歲高齡老母與么兒間
那種發乎至情至性　舐犢情濃　孺慕情深
令人自在徜徉　母子摯情之無限溫馨大海中

（1）當您日漸老邁　我心疼

母親一生頗具傳奇性　她出身寒門　從小失怙
歷經兩次不同家庭養女歲月　卻不怨天不尤人

十個子女先後出生　家計沉重無比
長期加諸一介弱女子身上　她卻能隨緣認命
憑著無以倫比的堅強毅力　天生聰慧靈敏
終能振興褚家家運　若無我母則無褚家今日
所謂　有智慧的女子建立家室　誠我母之寫照

於我而言　「母親　您是一齣令我感懷的歲月」
衷心讚嘆　「您是一篇讀不完的美好故事」

近日甚感無奈與傷懷　因歲月總是催人老
「看到日漸老邁的您　我無法不心疼」
不捨之情總油然而生　不過么兒亦下定決心
「請甭擔心您的老　我會角色互換對待您」
也請相信　「我會用愛心和耐性　陪您繼續走人生」
絕不讓您孤獨與寂寞　無依與無助

（2）我會感同身受　更大耐性護持您

若我是您　最需要什麼　最期待什麼
母親所欲　常在兒心
對百歲母親而言　物質享受早已淡泊
深知您最在意者　希望不成為別人累贅地活著
更不想帶給兒孫麻煩　成為包袱

母親諸多憂慮　我早已察覺體會
兒會提醒自己　隨時注意　確實做到如下重點：

「您的老　我會感同身受　並付出更大耐心」
「您說話時　我會耐心地聽　不會打斷您」
「您的任何動作都慢慢來　我會等您」
「您的任何麻煩　我都不會厭煩」
「您的日漸遲鈍　我也不會不耐」

「您的體能再弱　我也會全力攙扶您」
「當您無聊時　我會陪您閒話家常」
「當您健忘時　我會給您更多時間回想」
「我會耐性地當您聽眾　讓您常感溫馨」
「當您孤寂企盼時　我不會讓您等太久」
「您的嘀咕或責備　我都甘之若飴」
「我會更悉心照顧您　也呵護您的尊嚴」

（3）作為您的兒子　我無上榮幸

母親膝下五男五女　我是五男　排行老九
換是今天這年代　我絕對不可能出生
為此　我要感恩母親慈悲　謝謝您生下我

多位子女中　我和母親緣份最為深厚
這一生　我注定要被她生下來

她之於我是個慈母　疼惜無盡　不求回報
我之於她是盡力做個孝子　一門心思報答她恩情

從小至今　母親於我舐犢情濃　我於她孺慕情深
在在示現　我們母子間宿世善緣　難得又珍貴
尤其　她對我一輩子付出　無始無邊　無怨無悔
鞠我　長我　育我　顧我　渡我　恩情浩瀚
我心深處　不由自主　產生如下感念與情懷：

「母親　謝謝您生下了我」
「能作為您的兒子　我無上榮幸」
「我雖老　但您更老　我當更加珍惜」
「您的人生智慧常在我心　讓我力量無窮」
「您是我終生無時不眷念的身影」
「與您同在　讓我成為心靈富裕的人」
「您一直是我心中寶貝　我也永遠珍惜」

「每天都能看見您　是我最開心的事」
「您慈祥的凝視　眼裡滿是疼愛與溫馨」

（4）母親　請您慢慢老

對月常思　人生幾何　譬如朝露　去日苦多
我更憂心　無情歲月一逝不回頭
怕白駒過隙　把我與母親相處的時光偷偷帶走
於我而言　和百歲老母在一起　每一年　每一月
每一天　甚至每一分一秒　都顯得更加彌足珍貴

夜闌人靜　內心不自禁　常湧如下心情心境
並祈求佛菩薩慈悲　加持保佑母親
能夠健健康康　並慢慢地老　因為：

「我永遠是您眼中孩兒　需要您的關懷」
「當我最感艱困無助時　您是我的支柱」

「我的壞脾氣　仍需要您的感化與引渡」
「您是這世上　唯一不會生我氣的人」
「您也是這世上　唯一能夠無條件包容我的人」
「和您一起的點點滴滴　永遠令我懷念不已」

總歸一句　最大願望　祈求可敬可愛的老母親：

「請您慢慢地老　讓我能夠孝順您更久」

註：本篇詩文中凡括有引號（「」）之詞句，皆為拙作《母親　請您慢慢老》一書中之「篇名」及「章名」。

第二部

記憶金庫——詩陳年憶往

篇一

記藤坪山莊、石門水庫伴母遊

攜母藤坪

城佬攜母藤坪莊
欲將天倫留追憶
青山有幸白雲飄
綠水得福善人居
此生斯景能幾回
當下拾取君毋悔

伴母石門

伴母重遊石門園
十載不見景依舊
珠灣槭林阿姆坪
湖畔午茶孺慕情
浮生有夢當追尋
不教回憶任空留

篇二
記北歐四國
伴母遊

三代齊遊

仲夏北國八人行
妻兒母女岳娘姨
祖孫三代齊鴻遊
親情何似滿庭芳
人生此情不長有
無有福緣那得春

篇三

記中國上海
二度伴母遊

母子遊滬

滬市二度母子遊
孺慕舐犢不言中
世紀大觀新天地
靜安襄陽金茂樓
天倫馨情直須惜
但求斯景常相憶

謝賜善緣

金茂高樓咖茶會
母子連心話家常

外灘步道夜燭遊
天倫溫情驅寒涼

承歡曲意無怨尤
銘感上蒼賜善緣

敬攜母手

晚秋客訪大觀園
母子二人座上賓
俏扮賈母尊且貴
伊容祥露慈母情
么子敬攜老母手
孝意濃濃報慈恩

孝思承歡

滬市名店上海餚
和平錦亭老飯店
醬方含棗大烏參
肉糯蟹餃八寶鴨
承歡之意不在餚
聊表孝思赤子心

老子報恩

兼程攜母江南行
不為何意為承歡
略盡反哺訴孝意
欲報親恩趁及時
慈母生我適三六
半百老子報恩勤

篇四
記日本北海道
伴母遊

天倫情懷

攜母遨遊北國秋
天倫情懷滿心頭
欣逢秋意正飛迤
遍野群山綠紅黃
人生三素日氣水
淨潔馨溫母子心

母子北遊

楓情捎來園滿紅
母子北遊正逢秋
天人峽谷象萬千
瀑布奇石紅黃楓
人間仙境不常有
道中處處飄仙蹤

篇五

記日本立山黑部伴母遊

欣母同遊

立山黑部母子行
客居名棧加賀屋
雪牆梯田合掌村
佳餚美景孺慕情
九旬我母欣同遊
敬天謝地念神恩

九旬五五

忙裡兼程攜母行
五日閒遊裏日本
亦步亦趨勤照拂
但求略盡親恩報
阿母九旬我五五
老小小老老亦小

篇六
記九旬老母
端節包粽

老母包粽

丙戌五五端陽至
粽香飄飛滿庭芳
九旬老母猶包粽
只為兒孫喜啖食
天倫斯情享溫馨
人生此福當須惜

九旬母粽

粽香依在年已老
老母九旬我五五
孩提舊景忽猶現
常盼端午母包粽
此生好景君須記
最是九旬老母粽

第三部

兒想您，好想您——詩想起

篇一
百日清明念慈母

慈母度母

母兮生我時三六
舐犢情深六五載
鞠我長我慈母情
顧我渡我度母恩
今雖慈母返淨土
長盼法身護我行

註：民國一〇五年四月四日為母親往生「百日」，亦適逢清明節，甚為殊勝；更巧的是，這天亦是我的生日。

母親，兒好想您

不曾悲慟如此　這一生
原以為　母親您永不老
但終究　此願成追憶
就在您　百歲嵩壽高年

頻望那床鋪　不見您
只留下靜謐　孤與我

相聚　猶似昨日今朝
啊！想您　親愛的母親
兒想您　好想您

那長久忌唱老歌忽響起
～～母親您在何方～～
雁陣兒飛來飛去　白雲裡

經過那萬里　可曾看仔細
雁兒呀　我想問你
我的母親　可有消息

令我情不自禁　傷欲絕

頃間　哀慟悲緒無由心頭起
思母情無限　噴然湧出
如排山倒海　久久無法自已

母親　啊！　親愛的母親
忘不了　您我舐犢情濃
數不盡　我您孺慕情深

當那夜闌人靜　每想起
常教我失神落寞　泣下不已淚沾襟

如今啊　如今
煙波渺渺　斯景依舊
故人卻如黃鶴遠逝　無處尋
母親　此刻您在何處　過得好嗎
兒多麼想您　真想您　好想您

篇二
慈母心・赤子情

母愛・愛母

問世間　至愛是何物
除卻母愛　孰能與比

愛妻愛子　愛其所愛
人子者　豈能不愛母

母愛愛母　人倫常根
母慈子孝　天地經義

君莫忘
　那昔時母愛　舐犢情濃
君且記
　這今朝愛母　欲報何期

歲月它無情　飛逝總如梭
慈母她耄耋　年力已老矣

但盼我母　慢慢老
孝您順您　久久長

勸君啊
　勸君　行孝須及時
莫憾啊
　莫憾　欲養親不待

附錄一

母親年譜

年份	年齡	事記
一九一七（民國六年）	誕生	農曆正月十八日（身分證登記國曆六月二十四日），生於臺灣新竹市，為外祖父連商宜和外祖母連楊棕的獨生女，母親上有三位兄長
		外祖父是清末的秀才，但母親生下來即為遺腹女
一九一八（民國七年）	二歲	林家認養母親為養女
一九二七（民國十六年）	十一歲	蔡家認養母親為養女
一九二九（民國十八年）	十三歲	日據時代新竹女子公學校畢業（日式教育）
一九二九（民國十八年）	十一歲～十三歲	公學校畢業後，因家貧無力繼續升學。但經常利用餘暇在新竹市關帝廟之漢學私塾旁聽，自學而奠立了漢語基礎，聽、說、讀、寫皆能
一九三四（民國二十三年）	十八歲	嫁給父親褚彭鎮為妻
一九三五（民國二十四年）	十九歲	長女褚媞媞出生
一九三七（民國二十六年）	二十一歲	二女褚惠玲出生

年份	年齡	事記
一九三八（民國二十七年）	二十二歲	長男褚煜夫出生
一九四〇（民國二十九年）	二十四歲	二男褚炯心出生
一九四二（民國三十一年）	二十六歲	三女褚雅美出生
一九四四（民國三十三年）	二十八歲	四女褚玎玲出生
一九四七（民國三十六年）	三十一歲	三男褚式鈞出生
一九四九（民國三十八年）	三十三歲	四男褚炳麟出生
一九五二（民國四十一年）	三十六歲	五男褚宗堯出生
一九五七（民國四十六年）	四十一歲	五女褚珮玲出生
一九九四（民國八十三年）	七十八歲	年初開始作畫，無師自通畫了十年之久，後因眼力關係而少畫，共有百幅左右。我保存了五十幅，其中挑選了二十五幅代表作，珍藏於《話我九五老母》一書中
一九九六（民國八十五年）	八十歲	隨同五男宗堯全家祖孫三代至北歐四國及俄羅斯旅遊
二〇〇一（民國九十年）	八十五歲	五男宗堯首次單獨陪同母親至中國上海旅遊
二〇〇二（民國九十一年）	八十六歲	五男宗堯再次單獨陪同母親至中國上海二度旅遊
二〇〇三（民國九十二年）	八十七歲	五男宗堯單獨陪同母親至日本北海道旅遊
二〇〇六（民國九十五年）	九十歲	五男宗堯單獨陪同母親至日本立山黑部旅遊 此行為母親一生中最後一次國外旅遊，多年後她曾經對我說過，也是她此生最愉快的旅行

年份	年齡	事記
二〇〇七（民國九十六年）	九十一歲	曾孫褚浩翔（三男式鈞之孫）出生（母親算起之褚家第一位第四代孫子）
二〇一〇（民國九十九年）	九十四歲	曾外孫陳羿愷（五男宗堯之外孫）出生（母親算起之褚家第一位第四代外孫）
二〇一一（民國一〇〇年）	九十五歲	一月三十日起定居於五男宗堯家
二〇一二（民國一〇一年）	九十六歲	母親與五男宗堯於正月十八日共同創立「財團法人褚林貴教育基金會」，母親並榮膺「創辦人暨第一任董事長」
二〇一二（民國一〇一年）	九十六歲	宗堯為母親寫的第一本專書《話我九五老母—花甲么兒永遠的母親》，十一月正式出版
二〇一三（民國一〇二年）	九十七歲	基金會榮獲新竹市政府感謝狀，我代替母親接受表揚
二〇一三（民國一〇二年）	九十七歲	曾外孫陳羿捷（五男宗堯之外孫）出生（母親算起之褚家第二位第四代外孫）
二〇一四（民國一〇三年）	九十八歲	五男宗堯為母親寫的第二本專書《母親，慢慢來，我會等您》，五月正式出版
二〇一四（民國一〇三年）	九十八歲	基金會再度榮獲新竹市政府感謝狀，我再次代替母親接受表揚

年份	年齡	事記
二〇一四（民國一〇三年）	九十八歲	曾孫褚旭展（五男宗堯之孫）出生（母親算起之褚家第二位第四代孫子）
二〇一四（民國一〇三年）	九十八歲	十一月九日五男宗堯陪同母親乘高鐵至「臺北一〇一大樓」，這是她第二次參訪「臺北一〇一大樓」
二〇一四（民國一〇三年）	九十八歲	十二月三日五男宗堯陪同母親搭乘高鐵至高雄「佛光山」及「佛陀紀念館」參訪，母親非常欣慰此生能夠有此機緣到此佛教聖地禮佛
二〇一五（民國一〇四年）	一百歲	六月九日五男宗堯以〈再老，還是母親的小小孩〉一文榮獲「第四屆海峽兩岸漂母杯文學獎」散文組第三名，母親相當高興，讚譽有加，並非常認真詳細地閱讀我的得獎之作
二〇一五（民國一〇四年）	一百歲	母親於十二月二十七日自在往生淨土，享年百歲（以農民曆算，已過冬至並吃過湯圓），這天是農曆十一月十七日，正值阿彌陀佛佛誕日，依於她這一生的福德因緣，我深信她老人家已經往生西方極樂世界
二〇一六（民國一〇五年）		恭請母親為「財團法人褚林貴教育基金會」永久榮譽董事長

年份	年齡	事記
二〇一六（民國一〇五年）		四月四日為母親往生「百日」，這天適逢清明節
二〇一六（民國一〇五年）		十二月十五日為母親往生「對年」（農曆十一月十七日）
二〇一六（民國一〇五年）		五男宗堯為母親寫的第三本專書《母親，請您慢慢老》，五月正式出版（本書原計畫作為慶賀母親百歲壽誕之禮）
二〇一七（民國一〇六年）		一月六日母親之牌位與祖先牌位正式合爐
二〇一七（民國一〇六年）		曾孫女褚伊涵出生（五男宗堯之孫女，亦是母親算起之褚家第一位第四代孫女）
二〇一八（民國一〇七年）		五男宗堯為母親寫的第四本專書《慈母心・赤子情——念我百歲慈母》，二月正式出版（本書恭作為母親一百零二歲誕辰之紀念）
二〇一八（民國一〇七年）		十二月二十三日為母親往生「三年」紀念日（農曆十一月十七日）
二〇一九（民國一〇八年）		五男宗堯為母親寫的第五本專書《詩念母親——永不止息》，二月正式出版（本書恭作為母親一百零三歲誕辰之紀念）

附錄二

母親創立的教育基金會

母親是「財團法人褚林貴教育基金會」的創辦人暨第一任董事長，此處特將基金會的成立宗旨、使命、方向、及目標，透過在facebook上之基本資料簡介如後，期能藉此拋磚引玉，呼籲更多慈善的社會人士及機構共襄盛舉，一起投入回饋社會的行列。

名稱：財團法人褚林貴教育基金會

地址：30068新竹市東區綠水路42號8樓之2

聯絡處：30072新竹市東區關新路27號15樓之7

基金會概覽

本基金會成立於民國一〇一年一月十八日，由創辦人暨第一任董事長褚林貴女士以及執行長褚宗堯先生共同捐贈出資設立。

成立之宗旨主要是秉持褚林貴女士慈悲為懷、樂善好施之精神，並以「贊助家境清寒之學子努力向學」，以及提升「家庭教育」與「社會教育」之品質及水準為本基金會發展之三大主軸；此外，並以「弘揚孝道」為重要志業。

創會董事長褚林貴女士生於民國六年，家學淵源，是清末秀才的遺腹女。她的一生充滿著傳奇性，不僅出身寒門，從小失怙，而且，經歷了兩次不同家庭的養女歲月，卻從不怨天也不尤人。及長，嫁給出身地主之家的我的父親，原本家境不錯，可惜年輕的父親在南京及上海的兩次經商失敗後，家道從此中落。

不久，十個子女又先後出生，沉重無比的家計負擔，長期不斷地加諸在她一個弱女子的身上，她卻能夠隨緣認命，咬緊牙關，憑著自己無以倫比的堅強毅力，以及天生的聰慧靈敏，終於振興了褚家的家運。

今天的褚家，雖非達官顯貴之家，但，至少也是個書香門第，是一門對國家及社會有一定貢獻的家族。她的孩子中有博士，有教授，有名師，有作家，有董事長，有總經理等。以褚林貴女士的那個艱困年代，以及她的貧寒出身而言，能夠單憑她的一雙手造就出如此均質的兒女出來，真的不得不佩服她教育子女的成功，以及對子女教育的重視與堅持。

當年，她膝下已兒孫滿堂，而且多數稍具成就。為此，更感念於過去生活之艱辛不易，而亟欲回饋社會。一方面，希望能夠協助需要幫助的弱勢學子，另方面，更思及家庭教育、社會教育、與孝道弘揚之重要功能，實不可忽視，因此，主動成立此教育基金會。

褚林貴女士期望能夠透過本基金會之執行，以實際行動略盡綿薄之力，並藉此拋磚引玉，呼籲更多的社會人士及機構共襄盛舉，一起投入回饋社會的行列。

簡介

本基金會秉持褚林貴女士慈悲為懷、樂善好施之精神，除了主動贊助家庭清寒之學子努力向學之外，並以提升家庭教育及社會教育之品質及水準，作為本基金會今後發展的三大主軸；此外，並以「弘揚孝道」為重要志業。

為此，舉凡上述相關之事務、活動的推展，包括書籍或刊物之出版、教育人才之培育及提升、以及孝道之弘揚等，皆為本基金會未來努力之方向及目標。

使命：提升新竹市教育品質，充實新竹市教育資源。

成立時間：二〇一二年一月十八日

主要業務：

一、促進家庭教育與社會教育相關事務及活動之推展。

二、協助並贊助家庭教育與社會教育相關人才之培育及提升。

三、出版或贊助與家庭教育及社會教育相關之書籍或刊物。

四、設置清寒獎助學金獎勵及贊助家庭清寒學生努力向學。

五、贊助及推動與家庭教育及社會教育相關之藝文公益活動。

六、弘揚孝道及推廣母慈子孝相關藝文活動之促進。

七、其他與本會創立宗旨有關之公益性教育事務。

基本資料

許可證書號：（一〇一）竹市教社字第一〇八號（民國一〇一年一月十八日正式許可）

核准設立號：（一〇一）府教社字第六〇六六號（民國一〇一年一月十八日核准設立）

法院登記完成日：中華民國一〇一年二月一日

基金會類別：教育類　統一編號：31658509

網址：http://www.facebook.com/chulinkuei

永久榮譽董事長：褚林貴

董事長兼執行長：褚宗堯

董事兼總幹事暨聯絡人：朱淑芬

贊助方式

〔若蒙捐贈，請告知：捐款人姓名、地址、電話，以便開立收據〕

銀行代號：806（元大銀行—東新竹分行）
銀行帳號：00-108-2661129-16
地址：30072新竹市東區關新路27號15樓之7
電話：03-5636988　分機205--朱淑芬
傳真：03-5786380
E-mail：juliachu@chiwanart.com.tw

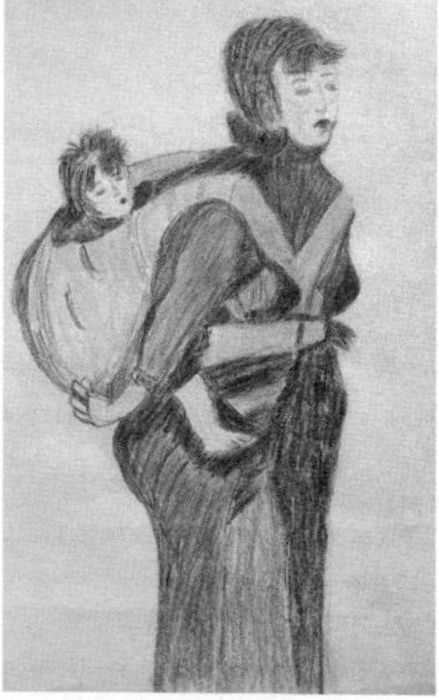

翦影

思故景・念慈母

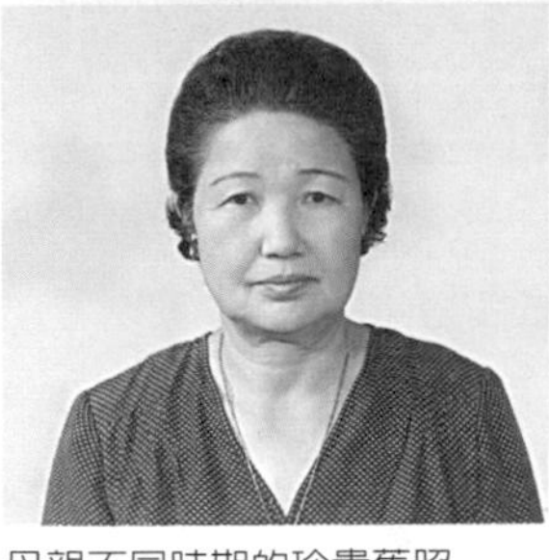

母親不同時期的珍貴舊照

左　高齡92歲時的母親依舊保持著端莊、雍容、高雅的氣質（女兒彥希文定時，攝於家中客廳）
右　母親年輕時就氣質高雅、眉清目秀（母親和父親的結婚照）

左　早年母親和父親在北大路育樂巷老家的舊照
上右　我與四哥當年念台大時，母親和父親來找我們逛校園，攝於椰林大道上
下右　早年母親和父親與心愛的子女們（八個兄弟姊妹）的珍貴合照（1994年11月12日攝於老麥照相館）

上　女兒彥希文定時，在煙波飯店與阿嬤及全家福的珍貴合照
中　兒子彥廷結婚時，在家中與阿嬤及全家福的珍貴合照
下　兒子彥廷結婚時，在家中與阿嬤及褚氏家族的珍貴合照

上　母親早年愉悅地在廚房親自下廚，烹煮她的拿手好菜（剛搬至綠水路新家不久）
中　母親心疼的兩個可愛內曾孫（我的孫子及孫女）
下　母親心疼的兩個可愛外曾孫（我的外孫）

上　母親與我全家福攝於家中客廳（記得是2015年的父親節）
中　多年前母親與兒子、媳婦、女兒、女婿們歡聚，攝於彭園餐廳
下　三年前母親和家人們同遊五指山，攝於名人養生餐廳戶外庭園

上左　母親與我攝於綠水路自家大廈前之花園步道（她經常在此欣賞花圃）
　右　陪同母親在護城河畔散步、觀魚（RT雅特烘焙屋府後店附近）
中左　母親和我攝於竹科靜心湖中的小島上
　右　我與母親在西大路193號老家門前合影（母親說此處是我的出生地）
下左　母親孩提時住在石坊街附近
　右　母親與我於府後街，青少年館旁近百年老烏柏樹前合影

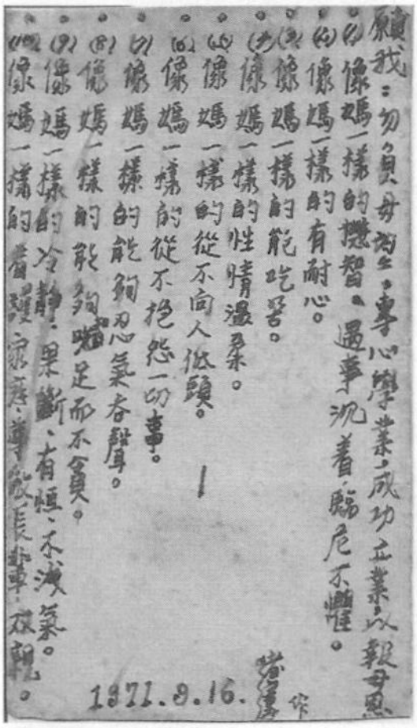
願我：勿負母恩，專心學業，成功立業，以報母恩。
(1) 像媽一樣的機智，遇事沉着，臨危不懼。
(2) 像媽一樣的有耐心。
(3) 像媽一樣的能吃苦。
(4) 像媽一樣的性情溫柔。
(5) 像媽一樣的從不向人低頭。
(6) 像媽一樣的從不抱怨一切事。
(7) 像媽一樣的能夠忍氣吞聲。
(8) 像媽一樣的能夠知足而不貪。
(9) 像媽一樣的冷靜、果斷、有恆、不洩氣。
(10) 像媽一樣的看護家庭、尊敬長輩、孝親。
1971.8.16. 作

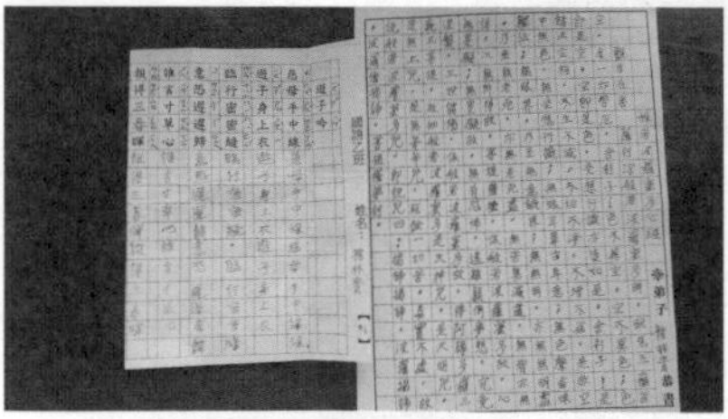

上左　早年我念台大二年級時"以母為範之十願"手稿，我有努力地去實踐

中　昔日母親曾經誇講我是智慧孝子的手稿（紅包袋上）

右　母親經常用四腳助行器在家中散步運動，偶爾也赤腳步行（攝於2015年11月23日，這是她往生前行走的珍貴紀念照）

下左　母親年屆百歲高齡的親筆真跡（整理她的抽屜時才發現，她老人家活到老學到老，真不愧為秀才之後）

右　母親雖然辭世已經三年，但至今她的房間我依然保持著原樣。只是睹物思人，讓我好想念…好想念她老人家

國家圖書館出版品預行編目

詩念母親：永不止息 / 褚宗堯著. -- 新竹市：
褚林貴教育基金會, 2019.02
面； 公分. -- (母慈子孝；5)
ISBN 978-986-88653-4-1(平裝)

851.486 108000810

母慈子孝005

詩念母親

——永不止息

作　　者／褚宗堯
執行編輯／洪聖翔
封面設計／楊廣榕
圖文排版／周妤靜
出　　版／財團法人褚林貴教育基金會
30072新竹市東區關新路27號15樓之7
電話：+886-3-5636988
傳真：+886-3-5786380
製作銷售／秀威資訊科技股份有限公司
114 台北市內湖區瑞光路76巷69號2樓
電話：+886-2-2796-3638
傳真：+886-2-2796-1377
網路訂購／秀威書店：https://store.showwe.tw
博客來網路書店：http://www.books.com.tw
三民網路書店：http://www.m.sanmin.com.tw
金石堂網路書店：http://www.kingstone.com.tw
讀冊生活：http://www.taaze.tw

出版日期／2019年2月
定　　價／250元